远航

陈平沙
——著

九州出版社
JIUZHOUPRESS

图书在版编目（CIP）数据

远航/陈平沙著. —北京：九州出版社，2025.
1. --ISBN 978-7-5225-3206-6

Ⅰ.I217.2

中国国家版本馆CIP数据核字第2024HR5978号

远　航

作　　者　陈平沙　著
责任编辑　周红斌
出版发行　九州出版社
地　　址　北京市西城区阜外大街甲35号（100037）
发行电话　（010）68992190/3/5/6
网　　址　www.jiuzhoupress.com
印　　刷　三河市中晟雅豪印务有限公司
开　　本　880毫米 × 1230毫米　32开
印　　张　6
字　　数　120千字
版　　次　2025年1月第1版
印　　次　2025年1月第1次印刷
书　　号　ISBN 978-7-5225-3206-6
定　　价　49.00元

自序

20世纪90年代初某年的一月，在一艘即将远航的巨轮上，我注视着码头上送行的热闹场景。轮船远离码头的时候，我看到空无一人的码头上，一个少女在挥手。当时，太平洋蓝得像宝石一样，晚霞和落日也美得令人语塞。返航途中，我们遭遇了风暴，大海掀起了惊涛骇浪。轮船回到长江口的清晨，我推开前舱门，寒冷而清新的空气扑面而来。这些细节给我留下了不可磨灭的印象，于是就有了《远航》这篇散文。

儿时的记忆是深刻的。当我才四个月大的时候，外婆就把我带到长沙，我是在那里长大的。当时物质条件很差，生活很是艰苦。外婆没有工作，外公已经退休，拿着微薄的退休金，我父母每个月会寄一些钱来。即便如此，在那条街道上，我家的条件已算是最好的了。我得了腮腺炎，外婆没钱带我看病，就用到一种偏方：把醋倒在一个陶制的小钵子里，用犀牛角研磨，再涂在患处。后来因为卫生条件不好，我肚子里长了蛔虫，面黄肌瘦的。外婆就带我到一家私人诊所，是个姓姚医生开的。他给我开了一些宝塔糖，淡黄色的，圆锥的形状带着螺纹，像宝塔的样子，吃起来甜甜的。把药吃下去，过了几天就打下好几条蛔虫来。

虽然生活艰苦，但对一个小孩子来说并不觉得，反而在和同龄伙伴的玩闹嬉戏中得到很多乐趣。当地还有很多习俗。每到三月三，外婆就会把一种野菜和鸡蛋一起煮，野菜叫"地菜"。她把鸡蛋先煮好，剥掉壳，再用瓦钵子和地菜一起煮，放上红糖。熬好以后就喝红糖水，再吃鸡蛋。这种风俗叫"三月三，地菜籽煮鸡蛋"。外婆还会用车前草煮水给我喝，为的是预防感冒。车前草贴着地面生长，绿色的叶子，整棵植株的外形像一朵莲花。那时候没有超市，简陋的商店叫作"南货铺"，售卖的东西也很匮乏。外婆会自己做米酒，长沙人管米酒叫"甜酒"。先把江米洗干净煮熟，放进坛子里，加上酒娘，盖上盖子。过一段时间，甜酒就做好了，外婆有时会直接煮了给我吃，有时会给我做甜酒冲鸡蛋。她还会自己做腊八豆。这些东西商店里都是没有卖的，全得靠自己做。

后来外公因为抽烟太多，得了肺气肿，住了很久的医院，去世了。我和外婆来到北京。我先在育翔学校读小学五年级和初一，然后进入师大二附中继续念初中。当时，我和家同在航空部四院的陈澍很要好，还有两个家在北师大的同学，张丹宇和谢永健。后来，我们四个人成了好朋友。

张丹宇因为父母是近亲，有血友病，稍微一磕碰就会内出血，肿起一个大包，就需要输血。他身体很瘦弱，性格却很直爽。谢永健正好相反，性格很内向。张丹宇的父亲是北师大的中文教师。有一次我写了一首诗，其中有一句是"只把壮志一日酬"，拿给他父亲看。他看后说，你的诗写得太直白了。我当时听了感到很窘，但是他的话让我记忆犹新。后来，张丹宇交了一个女朋友，是酒店的服务员，他说这个女孩子长得很好看。分手后，他还对这段恋情念念不忘。很久以后，听说他跳楼自杀了，我唏嘘不已。

我后来喜欢写诗主要是受到父亲的影响。他也很喜欢诗词，虽然写得不多，却有很强的鉴赏力。记得他写过一首七律诗，其中有一句"渭水战鼓犹在耳"。那时我还小，也觉得写得过于直白了。

2013年，我开始写诗填词，作品不多不少。我以前很喜欢养鱼，各种鱼都养过。有一次，我买到一条锦鲤。这条鱼很特别，从侧面看头部很像"九"字，头顶有一个圆形红斑，像一轮初生的红日。就在我买这条鱼的几天后，女飞行员"金孔雀"余旭殉职，血洒长空。为了表示对余旭的纪念，我决定不再写诗填词，这距离我开始写诗已经过去三年。我写的最后两首格律诗是《七律·无题》《七律·伤秋》，最后一首新诗是《你如此的美丽》。

出版了《逝影冰山》《四季的沉思》以后，我又写了短篇小说《莫名的幸福感》，后来索性把小说和散文整合到一起，以《远航》为名，出版了一本作品集。如今，我将这本书再版，也算是对往昔岁月的一种纪念。

目　录

远航

第一辑　　散　文

第一辑

散文

儿时杂记

我于20世纪60年代初出生于北京，出生地位于今天的北京航空航天大学旁边的北医三院。出生后不久，我的外婆就和她的侄孙女小慧姐姐一起从长沙来到北京。小慧姐姐那时才几岁大。到北京后，大人要她去商店买酱豆腐，长沙人管酱豆腐叫"猫鱼豆腐"。她和营业员说要买猫鱼豆腐，人家就笑话她，她以后再也不肯去买东西了。

父亲给我取名，叫戴思源。后来，因为父亲家庭成分的问题，母亲怕我的名字惹麻烦，就给我改名叫戴勇涛。前两年出书的时候，我决定给自己取个笔名，因喜欢王昌龄的《塞下曲》，就给自己取名叫陈平沙，以后出书和写博客都是用的这个名字，只有在发表论文的时候，才用回戴勇涛这个名字。

我四个月大的时候，外婆带我回了长沙。外公外婆就住在经武路（后改叫建湘中路）的一个二层简易楼房内，对面是长沙老邮电局。外公外婆住楼下，一个叫汪婆婆的老太租住楼上。老太有个儿子，后来儿子结婚了，小两口有时也会回来住。汪婆婆的丈夫是国民党某部队的连长，1949年以后不知去向。汪婆婆一人独住在这里，我经常听见她在楼上砸东西、骂人，但听不懂她骂的是什么。

外婆家隔壁住的是她弟弟一家，我管他们老两口叫舅爷爷、舅奶奶。他家有一个儿子、四个女儿，我管他们的儿子叫三舅舅，管几个女儿叫姨。当时收音机里每天放的都是样板戏，我也跟着唱会了。夏天，放一张竹床在门外乘凉，我就和三舅舅一起唱京剧。我站在竹床上唱杨子荣，他就唱坐山雕。我天生不识谱，五线谱没学会，就连简谱也不会看，但我却很有音乐天分，京剧唱得有板有眼，歌曲也唱得也不错，前提是跟别人学或者跟着收音机学，唯独不能看歌本学。

一次，汪婆婆的儿子回来，拉着我玩。我不想玩，想走，他不肯，结果他拉着我的胳膊，一下把我的肩关节拉脱臼了，我疼得哭了起来。当时有个邻居姚医生，胖胖的，秃了顶，和人说话总是笑眯眯的。他在附近开了个诊所。外婆带我去了他的诊所，姚医生先把我的胳膊往下一拉，再往上一送，就把肩关节复位了，马上就不疼了。他不光看跌打损伤，其他的病也看。

到了上学的年龄，我进了长沙延安小学读书。第一个班主任是一个姓毛的女老师，校长是个胖胖的女人，还有一个姓钟的男老师。我在小学唯一一张合影是在韶山照的，里面就有他们三个。

还有一个姓卢的女老师，教地理的，她爱人在北京工作。有一年寒假，她要回北京探亲。正好我父母单位有个李叔叔来长沙出差，爸爸妈妈就请他带我去北京，再请卢老师带我回长沙。到的那天，北京刚下过雪，天气很寒冷。我在北京待了一个寒假，爸爸经常带我出去玩。有一次去动物园看完动物，爸爸带我坐转轮，一通转下来，我感到天旋地转，胃里也难受，下来就吐了。爸爸带我在椅子上坐了半天，又买了面包给我吃才感到好些，然后我俩上了公共汽车。那时候，公共汽车发动机是靠一个手柄启动，手柄上拴着布条。我感到很好奇，就伸出手把手柄拉过来。

等我回到座位上的时候，汽车"突突突"地发动起来了。车上的人没看到司机，都感到莫名其妙。我半天才反应过来是因为我拉了手柄的缘故，赶快回去把手柄推了回去，汽车熄火了。一旁的大人打趣说："这孩子真会玩。"现在想想，幸亏司机当时没挂挡，不然就闯大祸了。

在长沙读完小学四年级，我就回北京的育翔小学继续读五年级。在长沙的时候，我已经学会普通话，所以回京上学没有太大问题。当时，老师喜欢把学生叫到讲台旁边背课文。一次，老师叫我上去背书，背的哪篇忘了，里面有一句"死了的不算"。毕竟在长沙待久了，带了些当地的口音，就背成"死拉的不算"，结果同学们哄堂大笑。从那以后，只要老师叫我背书或者回答问题，我都会感到非常紧张。

一天，父亲带我坐公共汽车经过北医三院。他指着三院的主楼对我说："你就出生在这里，将来戴勇涛要是成了大人物，这里就有名了。"我当时窘得恨不能汽车上能有个缝儿钻进去，后来见周围的乘客没什么反应，我才觉得自在了一点儿。

一次，我和同学打闹，一个姓王的同学和另一个孩子打我一个。我倒地的时候，顺手推了那个姓王的孩子的屁股，他往下一坐，就把我的右胳膊压到地上，我瞬间剧痛难忍，胳膊动不了了。父亲带我去了德外医院，一个老医生看了看说骨头没事，给我正了正，胳膊又能动了，也没上夹板就回来了。到学校上课每天还要上操，后来疼得实在是不行，父亲才带我去了积水潭骨科医院，一照片子，是桡骨骨折错位，而且已经长上了。医生说不能再接了，只能静养。回学校后，我就不再上操了。养了将近半年，我的伤才完全好，但桡骨稍微有点错开了。后来那个王姓同学大学毕业后，进了四通公司工作，当了经理。有一次本来该他出差，临时换了别人，结果飞机坠毁，那几个同事全部都死于空难。世事无常啊！

还是小学五年级的时候，有一天父亲带我乘公交车，我站在靠窗的座位旁，这时上来一个大姐姐，大概十五六岁的样子，身材很好。她一上来就把胸脯压到我的后背上。当时车上人也不是非常挤，但她还是把身体紧紧贴在我背上。她的一对胸脯很有弹性，我其实很喜欢这种感觉，但又怕旁边的人笑话。我偷偷环视四周，似乎没有人留意。我又偷看父亲，他也没什么反应，我就心安理得地假装没事。过了几站，大姐姐下车了。我早就不记得她的样子，只记得她当时穿了一件绿色的衣服。

从育翔小学毕业以后，我就进了师大二附中上初中。当时，除了上课还得学工。有一次学工，是给北京工艺美术厂糊玻璃盒子。两排长条桌子，学生面对面坐着干活。带我们的那个年轻女老师是学校里最漂亮的女老师，身材匀称。她觉得我做得不好，就过来指导我。当时，我的左手放在桌面，她就用手按住我的手。我当时也不敢把手抽回来，就让她的手一直按着我。同学们都在埋头干活儿，盯着自己手里的东西。我没有看她的手，但眼睛的余光看到她的手很白，手指细长，真的很好看。她教了我好久，才松开手离开。她的手很滑，很湿润，凉凉的。我最早关于女性的记忆中，最深刻的就是这两件事。

后来我高中毕业，考进了北医三院附近的北航读大学。冥冥之中，我和这片地区形成了一种很深的联系。

涛声依旧

人的一生，会经历无数的事情，很多会被忘却，也有一些会留下深刻印象，还有一些只能深埋心底，不能为外人道也。能拿出来与人分享的，只有那些有意思的事情。扪心自问，如果能拿出来与大家分享的事情寥寥无几，人生是不是太过失败？我是一个无可救药的理想主义者。理想很丰满，现实很骨感。一直以来，我都缺乏把理想变为现实的能力。

在我供职法国布尔公司的时候，总部只在北京、上海、广州设立了三个办事处，负责全国的销售、技术支持和服务。北京办事处负责北方地区，但因规模不是很大，三地人员经常相互支持，因此，我们的出差是全国范围的。

一次，我去上海、江浙一带出差，当时距离春节没几天了。我忙完差事回到上海，准备返回北京，机票却售罄了。正在发愁的时候，上海办事处的销售老丁很热心，找关系帮我买了一张票。我很高兴，一再向他表示感谢。到了虹桥机场，我办好登机牌，托运完行李，过了安检，来到候机大厅等候。谁知起飞时间已过，却没听到催促登机的广播，也没有航班延误的通告。又过了好久，大家终于忍不住了，去询问登机口的工作人员，却被告知飞机已经飞走了。大家一下就怒了，纷纷讨要说法，结果得到的答复是机票卖重了，据说我们的机位被转卖给了某旅行团。我们这帮被甩下的乘客群情激奋，也不知谁带头儿，一起闯过登机口，冲过廊桥，"占领"了下一班飞往北京的班机。这是一架宽体的波音747客机，刚从国外飞回来经停上海的。机场方面表现得极为克制，既没动用保安，也没报警。事情后来是怎么解决的已经忘记了，只记得到达首都机场的时候，我们的行李孤零零地堆放在行李传送带中间的空地儿。飞机带着未登机人员的行李飞跑了，这样的事你一定不会相信，却实实在在地发生过。

四川是天府之国。每次去四川，成都是必经之地。成都是个生活气息浓郁的城市，建筑风格很有自己的特色。成都的生活节奏慢，当地人喜欢打麻将，还喜欢泡茶馆，摆龙门阵。我当然没心情去泡茶馆，但会和成都的朋友一起吃饭。吃完饭，他们就带我去四处耍耍。好耍是成都人的天性，他们会生活。

　　当地客户中有一个大学刚毕业的小伙儿，很多时候都是他陪我去办事。一次，我向他透露了想去看看乐山大佛的心思，他正好刚拿到驾驶本，也想练练手，就一拍即合。他申请了一个去乐山出差的机会，又从单位借了辆奥拓车，我们就上路了。这是他拿到驾照后第一次开车，生疏握在他的手里，紧张写在他的脸上。看着他战战兢兢的样子，我真想替他去开。就这样，我坐着一个新司机开的车，从成都一路到了乐山，参拜了大佛，又从乐山回到成都。

　　在成都的日子，我大多时候是独自吃饭。当地的川菜很地道，很对我的胃口。火锅也不错，我经常一个人去吃。有一次，路过一家自助火锅店，店面是半开放式的，靠街的一面没墙，一溜长桌上摆满了各种荤素菜品，任客户选择。我想吃鳝鱼，看到桌上有，就全部夹到盘内。这时，身后有人笑着用四川话大声对我说："遮（这）是窝（我）的呀！"回头一看，一个漂亮姑娘正冲着我笑，原来这鳝鱼是人家盘子里的。我赶紧把鳝鱼拨回她的盘子，连忙道歉。旁边一桌是她的同伴，全都大笑起来。我略微有些难为情，只好去挑其他菜。这顿饭，鳝鱼没吃成。这个小插曲让我想起齐人攫金的故事，被抓后，利欲熏心的攫金人说："抢的时候，没有看见人，只看见金子了。"

常熟是鱼米之乡，阳澄湖和沙家浜都在附近。我到过常熟不少次，却没机会一访阳澄湖，也没去过沙家浜。每次来常熟，我都住在虞山饭店，当地客户也都会热情招待。有一次，当地的申主任在虞山饭店请我吃饭，还有几个他的同事作陪。包间里有卡拉OK机，周围站着几个女服务员，都是阿庆嫂的造型。酒过三巡，申主任站起来，拿起话筒先说了几句客套话，然后要为我唱一首《涛声依旧》，希望我以后能够"涛"声依旧。一曲终了，我很感动，于是拿起话筒，为他们唱了首《晚秋》。歌声刚落，站在最前面离我最近的那个女服务员喊了声"好"，并且鼓起掌来。唱了一辈子歌，也听过不少掌声，但发自内心的只有这一次。很多年过去了，毛宁的歌声依旧，我却已经不能再涛声依旧了。

斗猫士

一次睡觉前，我把铺在床上的布单拿下来叠好，顺便抖了一下，家里的小猫小黑就扑了过来。从这晚开始，我和它发明了一种斗猫游戏。每天晚上，只要我开始铺床，小黑无论是卧在立柜顶上，或是趴在电视机上，它都会跳下来蹦到我身边等着。我把布单叠好，然后挥动起来，它便左右开弓跳起来去抓挥动的布。有时候跳得太高，它会被布单弹倒，然后就耍赖不起来了。我要费好大力气引逗，它才肯重新起来玩。每天晚上，不是我玩累了，就是它玩累了，然后我就上床睡觉了。家里的小狗臭臭本来趴在墙边的椅子底下，这时会踱到床边来，趴在床边睡着。小黑有时会上床骚扰我一阵，有时直接去椅子上，卧在我的衣服上睡觉。

关于小黑如何来到我家，也是有故事的。自从花花走失后，家里好长时间没猫了。后来，我又动了养猫的念头。我从网上买了猫砂、猫砂盆和喂食器，又从超市买了猫粮，准备过几天去宠物市场买只美短。这时，家里的电脑突然坏了，我去门店维修。门店就在超市旁边，和照相馆共用一个店面。我每次去超市都要经过那里，也去修过几次电脑，和店家混得比较熟。那天，修电脑的师傅和照相馆老板都不在，只有照相馆老板娘在。我看见电脑桌上有一只黑色的小奶猫，就问老板娘："这是你家大猫生的？"老板娘说"不是"。我问她家大猫哪去了，她说"丢了"。我看着小猫说："我正打算养只猫。"老板娘说："买猫干吗！这只送你了。"我本来不太喜欢黑猫，就问她："你舍得？"她说："我这里来的人多，养着不方便，送你了。"我正想买猫，就有人送，这也是一种缘分，便谢过老板娘。老板娘还要把猫砂盆和猫砂送我，我都没有要，抱着小猫高高兴兴回家了。

小黑到了家，不像其他猫那样认生，只在立柜旁的角落里躲了五分钟，便出来大摇大摆四处探索了。小猫长得很快，没过多久，小黑就长成一只漂亮的大猫。一身油黑的皮毛闪光发亮，像黑缎子一样，摸起来也像缎子一样柔顺光滑，手感好极了，一双圆溜溜的大眼睛可有神了。小黑漂亮是漂亮，却有个坏毛病——爱咬人。别的猫被逗急了才咬人，咬一下马上会松开。小黑是主动攻击，下死力气咬，咬住就不撒嘴。有一次，它把我咬急了，我抱起她下楼到了外面，把她丢在地上。就在我转身的时候，她发出一声凄惨的叫声。回到家，我想着它刚才的声叫于心不忍，又开门下楼。它还蹲在那里没动，我抱起它就回家了。从那以后，不管它再怎么咬，我再也没动过把它丢出去的念头。

小黑能听懂我叫它，每次一喊"小黑"，不管它在哪，都会跑过来。我拿出罐头，它会急不可耐地围着我转，喵喵地叫个不停。我打开罐头，拿出1/4放到窗台上，再拿出1/4丢到地上。小黑就会到窗台上去吃，臭臭去吃地上的那一份，剩下的我会放进冰箱里。小黑很挑食，冰箱里的罐头第二天再拿出，它有时就不吃了，全都便宜了臭臭。臭臭沾了小黑的光，才能吃到罐头。不过，臭臭得到的更多。每次我进卫生间洗手、洗衣服、刮胡子的时候，臭臭都会跟进去，在地上撒一泡尿。我出来的时候，他就跟着我，眼巴巴地看着我。我便拿出一块肉干，以奖励他讲卫生的行为。这只是它日常生活的一部分，每天起床后，它都会在家里巡视一番，然后在它认为有必要的地方留下记号。

臭臭很笨，只会四个动作，它就用这四个动作来换取肉干。不管你第一句话是"坐"还是"趴下"，它都会转个圈，然后坐下。第二句话不管是"坐"还是"趴下"，它都会从坐的姿势变成趴下。你一抬手，它就会做出起立的动作。你伸出手，它又伸出爪子和你握手。有时候，它会把你伸手的动作误认为是抬手，就会做个起立或是起立的准备动作，意识到你伸手是要握手，它才会改为伸出爪子，而且伸出来的永远是左前爪。臭臭也很聪明，它认得家。每次我带它遛弯，都是牵着的。有一年除夕，我没牵绳就带它出去看烟花了。刚出门，一阵炮响，它撒腿就跑。我到处找也找不到，担心它是跑丢了。上楼一看，它正蹲在家门口等我呢！

臭臭还会说一个词。每次只要我把它抱起来，或是把它的前爪放在我腿上，它就会"如来，如来"地叫个不停，奶声奶气地，像小孩子说话似的。会叫"如来"的狗，估计也是绝无仅有了。

小黑没有臭臭那么聪明，更不会说话，但它也有一个绝活儿。窗前挂了一个风铃，是我去丽江旅游时买的。小黑有时就会跳到窗台上，用后腿站立起来，一只前爪趴在窗户上，另一只爪子就去打风铃下面挂着的木牌，风铃就会清脆地响起来。这一刻，小黑就化身阿西莫多了。

我从未见过我的爷爷奶奶

现在，很多小孩子都是在爷爷奶奶的照拂下长大的。然而，我却从来没见过自己的爷爷奶奶，他们在我还没出生的时候就去世了。我只见过爷爷的一张照片，奶奶连照片都没见过。

我爷爷叫戴修骏，父亲叫戴玉本，爷俩长得很像。爷爷是湖南常德人，我虽出生在北京，籍贯却是湖南常德。我母亲叫陈丽君，她是长沙人，和我父亲是设计院的同事。

我一出生，外婆就来北京了。我四个月大的时候，被外婆带到长沙。据说在回去的火车上，我饿得哭起来，有个妇女正好刚生产，奶水很多，主动要喂我奶，可我宁可饿着也不肯吃，外婆只好给我冲奶粉。所以，我是喝牛奶长大的。我比一个姓姜的小学同学幸运得多，他母亲没奶水，家里也没钱买牛奶和奶粉，只能喂他米汤。他是喝着米汤长大的，所以外号叫"姜米汤"。

我外婆叫周桂兰，外公叫陈茂林，是长沙铁路局的装卸工。我刚到长沙的时候，他已经退休了。外婆从没工作过，所幸识字，唯一担任过的社会职务是街道居委会的小组长。外公外婆家住在经武路上一座简易的两层楼内，后来这条路改叫建湘中路。正门隔着一条马路，对面就是长沙老邮电局。后门是一条窄巷。一楼有两个房间，里外间是用木栅栏隔开的。里间后面是厨房，厨房有一个楼梯通向二楼。厨房上面是一个带斜屋顶的低矮的阁楼，用作杂物间。二楼两间房由一个叫汪婆婆的老太租住。临街的那间有个木质的走廊，走廊上面有雨棚。我常去汪婆婆家玩，到走廊上去张望街上的汽车和行人。

后门窄巷对着的是一个砖瓦结构的平房，深灰色的瓦屋顶，带一个不小的院子。院子的大门设在窄巷右边的尽头，是两扇铁质的大门。这里原来住着国民党的一个师长，我在的时候，里面住着一位省领导。我进过院子几次，里面有棵树，还有一个车库，停着一辆三轮挎斗摩托。他家的几个男孩女孩看着比我的那些同学气色好，穿戴也更整洁一些，其中年龄最大的姐姐，已出落成漂亮的少女了。

窄巷左边第三家是姓卞一家的后门。他家两代都是理发师，我理发就去他家。他家的老爷子年纪不小了，生意都是儿子在做。有一天，我到他家后门口玩，老爷子正坐在那里，头发全白了，还秃顶，牙也掉了几颗。他儿子从后门出来，端着一碗漂着葱花的冬瓜汤，问老爷子："喝点冬瓜汤不？"从那以后，我就忘不了冬瓜汤的清香和爽口了。

那时候家里没电视，只有一个木质的收音机，固定在隔开两间房的木栅栏上。收音机的音量很小，我只能站在床上，把耳朵贴近了听，听广播、学京剧。

大概在我小学三年级的时候，外公得了肺气肿，当时他抽烟抽得很厉害。那时候的烟没有过滤嘴，都是劣质烟。他在铁路职工医院住了很久，后来去世了。我上完小学四年级，就和外婆一起离开长沙，回到北京读小学五年级。

回到北京后，我就和父母一起住在单位的职工宿舍区。父亲喜欢数学，他是学核工业技术的，却干了建筑设计。他数学很好，我的数学却很差。他还喜欢文学，经常给我讲唐诗宋词。印象最深的就是他给我讲晏殊那首著名的《浣溪沙·一曲新词酒一杯》，这首词到现在我还会背。父亲也喜欢英语，但学得不太好。有一年考高工，单位叫他休假一段时间补习英语，他自信满满，不肯休假。结果当年因为英语成绩不理想，高工没当上，第二年才考过。和他一样，我英语也不好。到了晚年，父亲还是喜欢数学和英语，直到突然得病前，还在自学这两科。

远　航

　　码头上人头攒动，军乐队正演奏着乐曲，来送行的人很多。船上船下的人笑着，大声说着话。我靠在船舷边，默默看着眼前的一切。我不是船员，来送行的人没有我认识的，没有人和我说话。眼前的场景很热闹，但我更像一个旁观者，只是默默在一旁看着。

　　船起锚了，四艘小拖船两两一组把两条船横着拖向江心。船员解开缆绳，大船发动了，慢慢向前开去。不一会儿，船上汽笛鸣响，好像在向前来送行的人们告别。旅客大多还留在甲板上，我和他们一样，伫立甲板上看着两岸的风景。船开出一段距离，当我回望的时候，发现刚才还很热闹的码头已空无一人，长长的码头尽头站着一位身材窈窕的少女，正朝大船的方向挥手。船越行越远，少女的身影越来越小、越来越模糊，她站在那里，还能看到她向大船挥动的手臂。

万吨级巨轮在长江里缓慢前行，我坐在船头舱室内看书，就像坐在自己的房间里一样。这里离轮机舱很远，完全听不到轮机的声音。阿镭从外面走进来，对我说："到上海了，出去看看吧！"我和他一起走出舱门，来到上层的甲板上，黄浦江畔的老式建筑像动画一样向后流去。我不止一次行经黄浦江，每次都是在过江渡轮上，听着小船嘈杂的机器声。站在大船顶层的甲板上，竟感受不到一丝的噪声，大上海也显得如此平静。

出了长江口，船行至近海，海水变成浅绿色，透着一点蓝，和在青岛海面看到的一样。在青岛的时候，大船经常长时间停泊在海面上。从船上看着双塔教堂的尖顶，和沿岸墨绿色山坡上一幢幢小别墅，就好像格林童话里所描述的情景。

太平洋之水像宝石一样蓝，有时能看到飞鱼成群跃出水面。这里不像近海那样温柔，船随着浪涌颠簸，像婴儿在摇篮里一样。偶尔会有一架美国侦察机飞过来，飞机飞得很低，几乎从桅杆上掠过，飞机上的美军军徽可以看得很清楚。

海上的生活其实是枯燥的，每天都是聊天、看书。晚上，在餐厅里看电视，或者在舱内玩扑克。这里靠近赤道，海面很平静，几乎没有风浪，但室外的温度很高，白天没人出去。晚饭后，大多数人都会在甲板上散步，绕着船转圈。大家边走边聊，看太平洋的日落。海上的日落很美，美得像天堂一样。

返航的日子快到了，天气预报说返航航线有大风浪。中午在餐厅吃完饭，沈船长和几个高级船员在谈话。沈船长是典型的上海人，普通话里带有明显的沪音。他是一个脾气很好的人，不笑不说话。他对其他几个人说："伸头也是一刀，缩头也是一刀。不绕道了，走原航线吧！"我当时还不知道他这话意味着什么。

天空是灰黑色的，海水也透着黑色。船儿一会儿被高高地抛起，一会儿又坠向深处。我走到前舱门向船头看去，汹涌的海浪咆哮而至，海浪被船头劈开，海水像炸弹一样炸开。有时一个巨浪越过船头，砸到前甲板上，甲板上水花四溅。这时候，我才会真正体验到什么叫作狂风暴雨，什么叫作惊涛骇浪。晚上我躺在铺位上，听着海浪拍打着船身，发出很大的声响。铁锚撞击着船头，发出刺耳的金属声。听着海浪和铁锚的声音，感受着在海上坐过山车的感觉，心中有时会掠过一丝隐忧。

海面逐渐平静，海水又变成浅绿色，回家的日子快到了。我们在船舱里整理行装，小于刚结婚不久，阿镭正在谈恋爱，他俩都显得很兴奋。我和老徐没有他们那么兴奋，我只是默默地想："终于可以离开这个狭小的世界，回到自由的空间了。"

清晨，我走出前舱门，一股寒意扑面而来，空气里水分很大，很湿润。吸一口，感觉很凉，也很清新。船已经下锚，静静地停泊在水上。这里是舟山群岛附近的海面，船在这里等待涨潮，才能驶进长江口。水是非常淡的浅黄色，水面笼着淡淡的薄雾。放眼望去，远方水天一色，看不到岸，只能看到远远近近极小的沙洲上在风中摇曳的芦苇。"很快就要靠岸了。"我在心里想，"欢迎的人群中，会有送行时挥手的那个少女吗？"

锦　鲤

多么美丽的一条锦鲤，清晰的三段，颜色纯正。头顶的红色斑块非常规整，色彩鲜艳，像一轮清晨喷薄而出的太阳。

很久没有养鱼了，最近又动了这个念头。鱼缸早就清理过，一直装有清水，只要去买鱼就行了。一开始打算买些个头大的金鱼，到市场一看，锦鲤还不错，虽然头顶都是白的。老板一口价，50元一条，就买了三条回家。没过两天，就死了一条。去市场又买了一条回来，没过两天，又蹦出来死了。也许是天意吧，那就养着这两条吧！没想到过了几天，一天中午我回来发现鱼缸里只剩一条鱼了，另一条居然在沙发底下，捡起来放回鱼缸，为时已晚。

还是养回金鱼吧！但心里更愿意养锦鲤，要不换个带盖的鱼缸？转念一想，换新鱼缸的话，还得把水倒过来，再把原来那条鱼捞过来，太麻烦了。后来想到买几个铁丝网盖在到鱼缸口不就行了？上网一查，烤肉用的铁网挺合适，就下单订了四个。网子到货后，我马上又去了市场。还是那个老板，向他询价，他说那条头上带红点的70，其他的还是50。

我看了一眼那条头上带红点的鱼，心中一动。我发现红点后面有一点凹陷，就问老板："这条头顶后面为什么有点凹陷，是畸形吗？"老板说不是，我也没多问，除了那条带红点的，又另外选了一条。老板在塑料袋里装上水，开始捞鱼。塑料袋扎好后，老板说一共130。我半天没反应过来，愣了片刻才问老板："那条不是70吗？"老板说："那条80。"我说："你刚才说的70。"他说："70给你吧！"我给了老板120元钱，拿着鱼高高兴兴回家了。没过两天，"金孔雀"余旭[①]坠机身亡，血洒长空。

这条鱼现在还在鱼缸里，慢慢地游着。它终结了一个诗人的写作，诗人决定，从今往后再也不写诗了，以表达痛惜之情，同时也作为永久的纪念。

---

① 余旭（1986—2016年），女，汉族，出生于四川成都崇州。空军上尉，二级飞行员，曾任空军八一飞行表演队中队长，代号"金孔雀"。2016年11月12日，她所在的八一飞行表演队在河北省唐山市玉田县进行飞行训练中发生一等事故，余旭跳伞失败，壮烈牺牲。

饭局

夜里做了一个梦，梦见以前航天部的同事张永刚。他早就和太太李艳霞一起去了美国。第二天，大学时期的班长赵维宏给我来电话，说张永刚回来了，晚上要请大家吃饭。张永刚和我们不是大学同学，但他和赵维宏是中学同学，都是内蒙古人。晚上，我按赵维宏给的地址找到了那家饭店。赵维宏和张永刚都到了，还有宋寅璞，她也是我在航天部的同事，和赵维宏、张永刚是老乡。她从航天部出去，到外企工作了一段时间，现在回北航当老师了。赵维宏说马玉国、王从坤也要来。马玉国也是我航天部的同事，大学时我们还是一个宿舍的，他在上铺，我在下铺。王从坤和我们也是同事，他和赵维宏他们三个也是老乡。于是，我们嗑着瓜子，边聊边等另外两个人。

等了好久，他们二位才到，说是路上堵车，所以迟到了。大家寒暄了几句，王从坤怪我："走了也不回去一趟，连个电话也不打。"这时候，服务员开始上菜，大家边吃边聊，聊的话题很多。王从坤说起王赞，买了奔驰，买了别墅，开着奔驰回去过一趟，就再没回去过，现在每天就是和以前的生意伙伴打高尔夫球。张永刚说起他在美国的家，说起妻子最爱他家的花园，一到周末就在园子里拾掇花草。宋寅璞说起现在的学生不好带，难以理解，一个学生项目做着做着就要求休息两天，说如果累坏了，项目肯定会耽误。这让我想起我在航天部的时候，为了赶进度，曾经几个晚上没合过眼。

吃完饭已经挺晚了，送走其他人，张永刚还叫我找个地方坐坐。我们又聊了很久。他说起宋寅璞："这丫头不错，在外企发展得挺好，现在图安稳又回学校教书去了。"聊着聊着，他没头没脑地冒出一句："胡可这丫头不错。"后面还说了几句什么不记得了。直到很晚，我们才分手。他去了父母在北京的家，我独自回家了。

周末，我和老徐、朱子、杨子一起去郊游，晚上在农家院看电视，朱子没头没脑地冒出一句"胡可不错"，后面也说了几句什么。我好生纳闷，一周之内，怎么有两个人无缘无故提起胡可？第二天回家后，我认真想了一下这个问题，最后得出一个结论，胡可是一位很受大家欢迎的演员和主持人。

西安往事

不记得去过多少次西安，只记得短则一两天，长则近一个月。第一次去西安的时候，从咸阳机场出来，搭上出租车，师傅边开车边和我聊天。车子跑着跑着，前面出现一个金字塔状的土山包，上面长满了绿油油的青草。师傅指着那个山包对我说："这是秦始皇陵。"我看了一眼不由自主复述道："这就是秦始皇陵啊！"怎么也看不出想象中的皇陵气派。我问师傅："底下有什么？"师傅说："不知道，没打开过。"我又问："为什么不打开？"师傅说："怕保护不了。"这是我第一次看见秦始皇陵。

西安是一座有着两千多年历史的古城，有着厚重的历史文化底蕴。中国历史上最辉煌的时代，都是设都在此。走在这样一座城市里，你能感受到秦始皇一统天下的气势、汉高祖刘邦威加海内的胸怀，以及大唐盛世的繁华和鼎盛。工作之余，我喜欢在城里四处走走，穿行于大街小巷，领略古都的风貌。登上古城的城墙，俯瞰城市的全貌，然后从城墙上下来，沿着城墙的外侧行走。虽然没有遇到小说《废都》里所说的吹埙的人，也没有听到过吹埙的声音，却仿佛听到了那种古老乐器发出的悠扬乐声。在城墙边走累了，看到一家朱门小户的饭馆，信步而进，叫上几碟小菜和一瓶啤酒，一天的劳乏也就解除了。

名胜古迹众多，是西安城的特点。周末，我会去这些地方游览。陕西历史博物馆、半坡遗址、大雁塔、小雁塔、碑林、兵马俑博物馆，这些都是必去的地方。在历史博物馆里，每一块秦砖汉瓦的残片、每一件陶器、每一件文物，都是历史的馈赠，是无价之宝。到半坡遗址，和远古的祖先进行一场超越时空的对话。到大雁塔、小雁塔，听玄奘大师讲解佛经中的深奥道理。到碑林欣赏一下历朝历代文人雅士的文采风流，观赏一下他们风格各异的绝美书法。到兵马俑博物馆，感受横扫六国的秦军的威武雄壮。再去看看铜车马，仿佛看到始皇出游时声势浩大的队伍，而汉高祖刘邦站在围观的民众当中，发出了"大丈夫当如是也"的喟叹。

　　西安的饮食也很有特色。关中人喜欢吃辣子，菜里总要放一些。吃饭的时候叫上几个菜，又香又辣，很有味道，很开胃口。西安的面食更有特点。有时候，我喜欢叫上一碗油泼面或是臊子面。大海碗端上来，上面盖着各种食材做成的臊子，一碗吃下去，解馋又解饿。想吃羊肉泡馍了，就去到街上找一家泡馍馆，点上一碗。服务员端上一个海碗，里面放着几块馍，拿起来细细地掰碎了，又把碗端进去。一会儿的工夫，浇着热气腾腾羊肉汤的碗被端了回来，里面有羊肉片、粉丝和糖蒜，还撒着些葱花和香菜，千万记得从桌上的罐子里舀一点辣酱加在里面。掰成小块的馍被羊肉汤浸泡，有了肉的鲜味，嚼起来还是很筋道，切成薄片的羊肉鲜嫩可口。直到今天，我还对羊肉泡馍这道西安美食情有独钟。

陕西有句话叫作"米脂的婆姨，绥德的汉"，西安也是个出美女的地方。西安的女子，大多高高的个子，高高的鼻梁，眉眼都很鲜明，让人不得不对关中的女子赞叹有加。中国古代四大美女之一的貂蝉，传说就是米脂人。看来陕西出美女，是有历史渊源的。

有一回，我在西安待的时间比较长。第一个周末，我在酒店楼下的旅行社联系了一个团，准备去周边一个景点转转。先去了当年杨贵妃沐浴的华清池，然后去了"西安事变"时蒋介石落脚的地方，一排灰瓦屋顶的青砖房，外面有红漆的柱子。蒋本人住的那个房间很小，后墙上有窗户，据说当年他就是从这里跳窗而去的。接着又去了他在后山的藏身之所，如今那里修了一个亭子，叫作"捉蒋亭"。接着，我又去了华山。团里大多数人都是结伴而行，只有我和一个东北老哥是散客，于是我俩结为一组，一路聊天，一路相互照相。从华山回来，下了旅游车，我们就分手了。

第二个周末，我又在楼下的旅行社预订了一个团，这次是去壶口瀑布、黄帝陵和延安。早上起来，我在酒店门口坐上一辆中巴车。车子拉上客人后开到火车站，司机要我们换一辆车，是一辆依维柯。大家都抢着上，我是最后一个。一上车就看见上周那个东北老哥坐在司机后面，面前是一个铁网子。他正和身边的一位女士聊天，我和他打了个招呼，就去找座位。车上已经坐满，只剩下最后一排前面的一个加座，我把座椅放下来，坐了上去。车子从火车站前面的广场出发，女导游坐在司机同一排最前面的座位上。通过聊天知道车上有一个记者团，是去延安采访的。车子开到铜川，经过一个大的下坡，路的左面靠边停着一辆中巴车。我感觉车速很快，忽然发现车的方向偏了，直冲向对面的中巴车。我用手抓住了前面座位的靠背。女导游喊了一声"慢点啊"，车子便"砰"的一声撞上了那辆中巴车，我从座位上被甩了出去，眼前一片模糊，头撞到了车顶上。

车停住了，我感觉左腿撞到了前面的椅子上，痛感明显。我试着动了动，还能走路。往周围看了看，后排椅子和后车窗之间有一个行李箱大小的空间，后窗玻璃已经掉下来了。身边一个三十多岁戴眼镜的男记者，一脸茫然。他的小手指头和手背呈90°直角，他的小手指骨折了，但脸上毫无表情，好像没感觉到疼痛。车门已经变形打不开了，有人开始从车窗往外跳，我也跳了出去。

我转到车的前边，发现女导游倒在座位上，人事不省。我又来到车的左侧，一对中年夫妇正面对车窗站着，女的一脸惊恐，脸上有小一块肉翻起来，向下耷拉着，但没有血。男的在一旁凄惨地喊着："救救她吧，救救她吧。"车外的人都冷冷地看着，没有人动。过了一会儿，看到车子没有起火爆炸的危险，大家才开始上车救人。车门被撬开，我走到车门边，车上的人递给我一个女孩子，我抱着她向路边的道班房走去，伤员都被运到那里。女孩子二十多岁，瘦瘦小小的，一边哭一边说："我的鞋子，我的鞋子。"我心说命都差点儿没了，还想着鞋子！进了道班房，我看见一条长凳还空着，就把她放倒在上面，又回到车旁。车内的伤员都运走了，我和其他人一起在路边等着交警和救护车赶来。这时，我感到腿和头都有些疼，卷起裤腿一看，左腿小腿前部全都紫了，再一摸头，头顶上起了半个鸡蛋大小的包。

过了半个小时，交警才到。又过了一会儿，救护车才过来。医生开始检查伤员的伤势，伤重的被送上救护车。我抓住一个医生对他说："医生，我头顶上鼓起一个大包。"医生摸了摸说："你这是皮下血肿，到医院再做个检查吧！"说完就丢下我不管了。救护车开走了，我就去找到医院的车。有人告诉我有辆皮卡是到医院的，我便爬了上去。车上有一个交警，还有和我一样的轻伤员。车子开到铜川县医院，我被安排入院，有医生过来检查伤势，稍后又有领导过来慰问。我被安排做了一个头部X射线检查，结果显示没有问题。重伤员当天就被转去西安，据说被撞车的司机伤得最重。那个东北老哥我一直没见到，不知道伤得怎么样。

我在县医院住了好几天，每天打针吃药，到了饭点，就到医院门口的一个小饭馆去吃饭。后来我想到西安做个核磁检查，和医生一说，医生告诉我西安有家大医院专门接收这次车祸的伤员，但县医院不管派车，得自己想办法。我问医院有没有救护车，医生说有，但是得自己承担费用，我就自掏钱包包了一辆救护车。到了那家医院，我把情况一说，医院二话没说就给我做了一个核磁检查，结果还是没有问题，我便回到先前住的酒店。

后来，我找到那家旅行社，他们说可以把这次旅游的费用退给我，其他赔偿一概没有。我是出差在外，也没工夫和他们打官司，拿到退款后，又带着伤在西安工作了两个星期。腿上的伤渐渐好了，但头上的包始终没有完全下去，直到今天，头顶上还有一个三分之一乒乓球大小的包。

这次以后，我又去过西安几次。后来因为工作变动，再也没去过西安了。

我也当过主持人

我不喜欢当众说话，也不喜欢演讲。在研究所主持会议的时候，我都是照本宣科，而开工作会议时，就算我是主要负责人，说话也不多。这是天性使然。即便如此，我也当过一回主持人。那是在航天部704所三室的时候，有一年室里举办春节联欢会。女同事陈瑛是北航毕业的，和我一个系，比我高一届，是我的师姐。她说："让小戴来主持吧，他肯定行。"于是领导就让我和另一个女同事小杨一起主持。小杨是东北女孩，比我小几岁，大眼睛，皮肤白白的，身体很健壮，眼睛和头发黑得像漆，嘴唇不涂口红也艳得像樱桃。她在学校的时候是运动员。晚会上，我的主持风格都是学的央视春晚。小杨比我年轻，性格活泼，为了活跃气氛，准备和观众互动。她事先没和我商量，我也没有任何准备，她那一套我也不熟悉。于是她一套、我一套，我俩就一人一套地把那台晚会主持下来了。

后来，她和我一起去山西出差。一行人晚上住在大车店的大通铺，老板用脸盆给我们煮羊肉和面条吃。我们去的地方是山西省岢岚县，当时是个很贫瘠的地方，当地人管那里叫"伤心省可怜县"。从山西回来的傍晚，汽车正好行驶在丘陵地带，夕阳照在黄土地上，照耀着群山，就像关山月的国画里画的那样。

此前所里还有一次春晚，室里负责组织节目的女同事小周要我搞一个节目，我就拉了几个男同事弄了个男声小合唱，其中一首歌是著名的俄罗斯红旗歌舞团的保留曲目之一——《海港之夜》。排练的时候，小周就说："如果都唱得和小戴一样，肯定能拿一等奖。"

还有一回所里歌咏比赛，我是独唱，结果得了二等奖，一等奖是我们室里年轻的副主任欧阳灿。他是南方人，唱歌有南方口音。后来有同事私下跟我说，你唱得比他好。

我还差一点就上了电视节目。供职布尔公司的时候，有一天我在燕莎附近等人，一个很漂亮、很有气质的女生走过来，说她是电视台的，想让我去参加一档相亲节目。她和我说话的时候表情严肃，很认真的样子。我婉拒了她。那个女生也挺好笑，大街上随便看到一个男人，也不问人家有没有结婚、有没有女朋友，就叫他去参加相亲节目。当时有没有女朋友我不记得了，但我不喜欢上电视是真的。我最擅长的，还是码字。

光之韵

光是影像的塑造者，不是影像的传播者。

光是人类最熟悉的自然现象之一。人类的历史伴随着光而发展，在文学、艺术、科学、宗教中都能找到光的存在。《圣经》里上帝说要有光；佛经也充满了对光的描述。文学和艺术作品里离不了光。光学也早就是科学研究的对象之一。

人类社会对于光明一直有着孜孜不倦的追求。凡公平正义之事都被视为光明的，凡违背公平正义之事则被视为黑暗。美好和善良的事，都发生在阳光下；丑陋和恶毒的事，都发生在黑暗中。

最早为人们熟悉的是星光、月光、太阳光，最先用来照明的是火光。虽然今天人类已发明了五光十色的光源，但阳光依然是不可或缺的。

全球人类对阳光都充满了喜爱。美国的登月飞船就是以希腊神话中的光明之神——阿波罗的名字命名。帕瓦罗蒂的一首《我的太阳》嘹亮高亢，热情似火，唱遍了全世界。人类有时会直接引用"光明"的意象为周围的事物命名。

风景秀丽的黄山有一座山峰，就叫光明顶。每天都有无数游客来到这里，看绚烂日出，看茫茫云海，感受光与影带来的美妙。

二峰巍笋瀑泉湍，

石隐云山雾现峦。

松岭难能栖月露，

游人有幸到天寒。

作为世界屋脊的西藏，有着世界最高峰——珠穆
朗玛峰。拉萨又叫作日光城。这座"离天最近"的城
市，有着更多更纯净的阳光。当地人最愿意做的事，
就是在大昭寺前的广场上晒太阳，一面享受着高原温
暖而炽烈的阳光，一面看着朝圣者虔诚地跪拜，心中
涌起一种空灵的感受。

玉峰西柱，不曾有、先古人何曾共。柱在天沿，
才正是，工触山亡地恸。断壁森森，冰刀雪刃，欲至
心惊悚。风雕霜刻，竟成天下王笋。

还忆公主生时，赟身亲去了。如花仪凤，锦帽貂裘。还忆到、从此红宫千纵。释地千寻，多西路去者。最齐穹拱，都随同愿，此生非枉如梦。

阳光带给世间的是温暖、舒适、轻松的感觉，蓝天白云让人们心胸开阔，而光线黯淡的雨天，也会给我们的心灵带来不同的感受。诗人戴望舒的一首《雨巷》仿佛让我们看到寂寥的雨巷中，那个身着旗袍，撑着一把油纸伞的女子幽怨的身姿。春天里的杭州，春雨潇潇，山色空蒙，清新、寒凉、幽暗而略带感伤，而雨中出现一对情人的身影时，又会生出一缕温馨之意。

春至江南暮雨楼，

西湖水畔绿荷舟。

苏堤柳岸桃花落，

雾润情衣影更幽。

月光能给人带来浪漫的情怀，贝多芬的一首《月光奏鸣曲》柔美舒缓，渲染出一幅浪漫的画面：朦胧月光下，一对恋人依偎紧紧，互诉衷肠。而王洛宾的一首《在银色的月光下》旋律优美，歌词动人，使人仿佛真的置身于醉人的氛围中，寻找着往日的踪影。

月光也能引发乡愁。3月21日是国际诗歌日。联合国教科文组织发行了一套含有多国文字的诗歌邮票，其中选用的中文诗正是李白的《静夜思》，用汉字楷书写就。一千多年前，身在异乡的李白面对皎洁的月光，产生了浓烈的思乡之情，写下了流传千古的诗句："床前明月光，疑是地上霜。举头望明月，低头思故乡。"诗句也随着月光一起留在世界人民的心中。

一生坎坷的苏东坡因与位高权重者政见不合，屡遭贬谪，差点丢了性命。在遥远他乡的中秋之夜，面对月色如水，苏东坡怀念远方的亲人，借酒浇愁，发出了"但愿人长久，千里共婵娟"的慨叹。

　　秋日落霞隐，此夜又中圆。最明还近人意，幽韵照空坛。桂魄难聊清寂，遇节平添悒失，娥袖舞翩跹。世界看仙子，凭语祝君安。

　　薄云慢，灯彩炫，共樽言。万家尽乐，千岁如是这时欢。杯酒邀婵堪远，对影流连烟畔。但已醉清湾，莫学青莲饮，追月逐波澜。

　　彩霞是美好的。古往今来，不知有多少为人父母者，用"霞"字给女儿取名，既希望她能像彩霞一样美丽，也寄望她的人生一如彩霞美好。

　　北京西郊的香山，风景秀丽，草木葱茏，湖泊清幽，流水潺潺坐落着碧云寺、卧佛寺两处古刹，还有中国最伟大文学家之一曹雪芹的故居。站在香山的最高峰"鬼见愁"上，看晚霞落日，绚丽多彩。到了秋日，沐浴着灿烂阳光，看满山红叶，心中会涌出无限美好的情感。

　　群卧西边，碧陇苍翠，泊境深幽。谛晨昏鸣鹊，莺啼婉转。葱茏花涧，潺喘溪流。蜿绕台阶，峰愁鬼见，仁顶临风眺远周。时天晚，望西沉红日，霞晕飞浮。

　　秋来气爽情道。招宾客、如林携眷游。遍满山红叶，丹流绝染。蒸丘云蔚，一望无收。古寺清风，碧云卧佛，古柏青松郁色稠。红墙重，对晨钟暮鼓，上善千秋。

　　佛教传入中国已有两千多年的历史，寺庙无处不在，佛教的氛围也无处不在。秀甲天下的峨眉山，是中国佛教四大名山之一。人们来到这里，最想看到的就是金顶的佛光，希望佛光的幸运，能给家人和自己带来好运和健康。佛教也促进了中国文化的发展，成就了不朽的名著《西游记》和《红楼梦》，成就了云冈石窟、大足石刻，也成就了鸣沙山下灿烂辉煌的敦煌壁画。

古道丝绸，当年重镇，繁华锦州。到鸣沙山顶，闪如金脯。行弓脊线，卧若长虬。清月牙泉，林洲阁殿，碧水千年映垄沟。堪辽阔，借舟为驼力，看尽荒丘。

莫高窟洞还幽，逝流岁、残墙韵更修。见飞天神女，风姿飘逸。反弹琵舞，技艺优柔。彩塑辉煌，庄严大众，今日犹生与客酬。阁九筑，仰巍峨耸立，佛境心留。

光是影像的塑造者，而不是影像的传播者。任何影像都需要光这位无所不在、无所不能的"雕刻家"。光能够刻画出哪怕最细微的细节，即便是一根头发丝，也能雕刻得精细到极致。光给提供给人们一个色彩斑斓的世界：雨后的彩虹、绿色的森林、蓝色的大海、金色的沙滩、五彩缤纷的花朵……没有了光，任何美景都不能为人们所欣赏，再娇艳的花也无法得到人们的赞叹。

滟滟莲花，夏至而观，绿叶荷疏。艳红而不娆，皎而不素。勿争其貌，勿媚其肤。无乱人歌，无惊花妒。风舞而轻雨露珠。清波动，有采莲渔女，桨荡舟湖。

青泥出尚不污。饮浊水、朝朝还净殊。是内心至洁，不为势黜。娇躯虽弱，不畏霖濡。舜为擒龙，九嶷仙卒，娥女湘妃携至涂。洒竹泪，寄魄于莲久，万世不除。

人类的历史，就是一部战争的历史。从部落间的争斗、不同民族间的厮杀，到国家之间的战争，再到两次世界大战。战争的刀光剑影、血色火舌，带给人类的是痛苦和灾难。让我们祈祷和平，祈祷人类不再遭受战争的侵害。

绵亘附丛岭，陡峭仁青巅。阅了多少兴败，艰险似从前。古郭都湮尘色，劲草全围纵壁，应适忆流年。逝水隘关月。无尽数烽烟。

是当日，除外寇，斩酋顽。刃霜血溅，枪洞犹在故城砖。遥瞩山光云渐，绿满峰峦层苒，塞外好风天。旧垒还坚忍，魂与共轩辕。

波漾永河水，石拱卧春涟。玉栏镌刻铺就，威武石狮圆。晓月中秋凉后，不语清风细柳，西望瞩燕山。长架贯南北，风韵几多年。

炮声起，倭猥至，战云绵。壮心饮恨，良将几陨大都前。烽火经年除灭，旧忆犹存难缺，对月抚桥栏。最是通今古，烟雨逝长天。

冷风吹皱，绿波起，清凛池中寒水。吐蕊桃花，樱巳绽，犹是初春淡季。断壁颓垣，高台败柱，若隐先时美。雕镌铭刻，诉来除岁之耻。

图现康帝乾时，三园繁锦处。琼楼千旖，碧漾微澜。还有那、春玉西楼花陛。趣景喷泉，如今只剩得，破碑残砌。情怀悲忆，立于前日龙地。

时光留给人类的，唯有记忆。翻开厚重的历史，那些人物离我们并不遥远。他们就在我们身边，形象生动，语言鲜活，有血有肉。那些气势雄伟、场面宏大的事件，就在我们眼前展开。

伟绩勋丰，堪可比，大皇彼得。韬略富，志宏才霸，气刚悍质。横扫六帷平海内，尽将华夏归秦室。帝千古、首一统轩辕，君功毕。

从颉字，齐轨隙，开郡县，同标刻。令匈奴骇惧，万里城立。坑术焚书何足论，朱明乾陛殊难匹。望长安，忆列阵雄兵，车林戟。

出身亭长无家厚，不善商贾厌农桑。

聚友萧曹卢绾众，沽酒村店账犹赊。

斩蛇芒砀情非已，举兵丰沛岁还长。

子房初从明主遇，怀王识人汉将兴。

关中既下秦军破，子婴系颈伏道旁。

约法三章民心向，舞剑鸿门项王骄。

引军汉中志已定，拜将韩信羽翼强。

明修栈道瞒天计，暗渡陈仓大军还。

四年征战常败绩，弃子还赖夏侯怜。

纪信救主荥阳泪，萧何助汉子侄征。

鸿沟烹父杯羹笑，汉界虽定未罢兵。

十面埋伏垓下阵，四方楚歌霸王哀。

虞姬伤别乌骓逝，自刎乌江羞向东。

征伐七载乾坤定，高祖称帝汉业成。

宫起未央堪壮丽，殿作麒麟势威严。

长安宫中百官贺，齐鲁吴越几王封。

萧相雄才无为治，百姓乐业万民欢。

承明殿里妃子笑，云梦泽边韩信惊。

社稷虽刘难安定，群雄数起动刀兵。

高祖亲身平叛乱，天下终安披箭创。

十年沛公归故里，身衰体弱鬓如霜。

乡邻同席日日醉，父老同坐半月伤。

击筑而歌悲声起，声动地分势感天。

龙翻怒海闻之动，凤舞九天泣难鸣。

大风起，云飞扬。

歌罢忽已泪沾裳。英雄迟暮心犹壮，咏成千古气
流芳。

秦皇一统开天始，太史雄文亦是初。纵贯三千名
五帝，经连岱岳并西庐。轩辕望重神州祭，尧舜德高
汉地书。彻武誉成司马颂，嬴功尽贬确存忽。

幼出高贵门庭显，少颖叔言一语昌。曹尉身先天
下计，汉丞不复几人王。槊横江畔雄才略，酒对铜台
异采翔。满殿皆随犹不篡，奈何明卷做奸氓。

运河工苦劳民众，炀帝如今著骂名。西子湖出青

岸始，昆明池到大河终。轩辕一统流川利，华夏辽原事水功。伤至前人泽后世，贬隋岂不负恩公？

工部一生时事舛，先逢马驿复思郎。剑门艰苦还多病，浊酒残羹也不觞。老至今天何所有，举杯故旧各胡装。茅庐虽破无伤雅，从此朝朝饮贵浆。

屠兄犹弑弟，囚父入愁屋。却教丘夫子，还为圣主乎？先降归汉相，再拜向皇叔。今日临忠寺，香烟也不疏。

辛亥一更枪响起，武昌城上降王旗。中州帝制从今去，华夏均和是日期。新梓犹贫艰苦进，故乡已盛必能为。历经百载沧桑后，还悼前人舍命时。

祁连不断雪峰绵，西进沿途少落烟。山远云稀无绿色，地辽石碣短河源。归鸿南去秋鸣咽，征马西行铁骑寒。犹忆赤军鏖战日，硝旗故垒角声残。

锦州墙外万千兵，塔阵成河壁垒凝。孤郡克服春邑惧，泽生举义洞国诚。辽西血战擒黑虎，建楚难逃落将星。乘胜挥师临沈下，破城之日奉天晴。

中原大地风云起，野战雄军似虎食。碾镇河边韬命断，徐州城路乱兵迟。双堆垒外飘愁雪，陈阵村前没败师。攻略俱出韩信右，百年犹颂粟勋时。

坝上奇谋吸力旅，强援被陷主官亡。津门不守丢盍败，捷帅难堪束手降。十万京城成困兽，千阶紫禁惧殃伤。傅公简朴明深义，红帜飘扬遍赤墙。

扬子江边春意晚，千帆竞渡遍红缨。东连澄郡昌城远，西去庐峰夏邑经。魏武不曾无尽阵，周郎岂对炮声隆。三军过处风吹叶，指日金陵落往旌。

百年钟鼓遥相默，静待隆隆礼炮声。旗帜漫飘如浪涌，人民雀跃似波洪。三军列阵徐徐过，战马昂扬少作鸣。领袖湘音环宇宙，火铺银汉不息彤。

十月金秋天更蓝，广场辽阔世无双。

红旗猎猎迎风乱，层楼紫禁最庄严。

万千人民翘首望，犹望三军已阵严。

军旗一面为先导，三军护卫是英豪。

无边方阵动地来，军装各异气无差。

概压天兵还抖擞，李靖犹自且搓手。

刺刀闪闪如雪刃，枪口莹莹寒光冷。

喊声阵阵意气高，声声嘹亮冲云霄。

飒爽英姿女儿装，木兰也不输男儿。

天空阵阵惊雷滚，战机列阵向西行。

苍鹰展翅俯大地，还向九霄冲天云。

雷声震落云中鹫，巨阵划破漫天青。

机声隆，烟雾蓝。

战车整齐向前方，铁马钢龙猛虎进，排山倒海势难当。

车队成行无穷尽，战士威武列阵林。

绿色长龙铁流过，飞弹直指是长弓。

昂首向天人神惧，身躯伟岸气如虹。

军威最烈无人窃，河山再不怕人欺。

小时候在晴朗的夜空下，仰望满天繁星，大人会告诉我们："天上一颗星，地上一口丁。"每当看到流星的时候，大人又告诉我们，有一个人离开这个世界了。在历史的长河中，人类注定是一闪而过的流星，不管你身居高处还是地位低微，名满天下抑或默默无闻。

东去敖宫，齐鲁福祉，五岳推宗。溯红门幽径，苍松叠翠。步云桥畔，飞瀑流淙。坊过升仙，天梯陡险，十八盘旋心惧忡。绝高处，见云烟翻覆，似有龙从。

古多圣者亲躬。又君主、尽临此述衷。遇孔丘登处，斯人独步。秦皇禅地，至位孤封。玉顶称名，山为最大，百代湮时势气同。转眼过，再看千年后，还立秋风。

光是影像的塑造者，而不是影像的传播者。再远的星星也不需要光来传递它的影像，它就在遥远的天际，随时映入人们的眼帘。

春天到了，桃花开了。故乡的小城凤凰又从记忆中闪回。她就在沱江的边上，依然质朴，仍旧继续着千年以来的美丽传说。

沱江悠远到湘边，

晓照桥廊日映船。

绿水无声诗有韵，

轻楼有黛画无胭。

四季的沉思

四季的沉思，指的是对四季的沉思，而不是一年四季都在沉思。古往今来，春夏秋冬，花开花落，雨雪风霜，四季的更替循环往复，无尽无穷。

四季是乘着时光之舟前行的。黑夜和白昼是时光之舟的两个桨轮，桨轮的转动驱动着它在历史长河中乘风破浪，一往无前。

时光之舟由时间和光阴组成。时间是光阴的流逝，光阴是昼夜的更替。时间不会因为我们全速奔跑而变快，也不会因为我们静坐下来而停止。它只会以自己固有的速度前进。即使人类已经给自己装上了翅膀，也飞不过时光之舟。当人还没到达属于自己的港口时，即便插上翅膀，也飞不出时光之舟。而当人到达属于自己的港口时，想赖在船上不下来，也是不可能的。任何人都将在自己的港口被时间赶下船，给后来者腾出舱位。在时光之舟上，所有人持有的都是单程船票。

时光一去难倒回。两千多年前，中国古代思想家孔子站在河边，看着滔滔流水发出感叹："逝者如斯夫，不舍昼夜。"任何回到过去的想法，都是痴心妄想。任何超越时间，去向未来的想法，也都是痴人说梦。

人从有感知的那一天起，就发现了白天和黑夜的轮回，发现了二者的持续是有规律的。古人给这种规律起了个名字——时间。时间给人带来很大的好处，使人可以劳逸结合，白天劳作，晚上休息。远古的时代，男人白天出去狩猎，女人在家编织和照看小孩。到了晚上，男人带着猎物回来，全部落的人一起围着篝火烤食物。吃完以后，大家一起围着篝火跳舞，一直跳到尽兴，然后便进入梦乡，而狗儿们则担负起警戒的职责。从那个时候起，人们就知道时间是由白天和黑夜构成的。

人从很早就发现了四季更替和循环的规律。四季带来的好处，就是人类可以进行耕作，从而产生了农耕文明。春天的田间，牛拉着犁在前面走，人扶着犁在后面跟。夏天农人会引水灌溉，为禾苗除草。秋天庄稼熟了，农人挥舞镰刀在地里收割，汗水湿透了禾下的土地。冬天大雪的日子，农人一家在炕头饮酒谈笑，享受天伦之乐。春播，夏长，秋收，冬藏，人类文明在年复一年的劳作中，不断向前发展。

春天是温暖的，也是灿烂的。"春天来了，大地在欢笑，蜜蜂嗡嗡叫，春天来了多么美好。"伴随着施特劳斯《蓝色多瑙河》的欢快旋律，春姑娘迈着轻盈的脚步走来，大地万物复苏。梅花开了，杏花开了，迎春花开了。枯黄的草地泛出青色，池塘里的荷叶露出嫩嫩的尖角，空气中可以嗅到春天的气息。禾苗返青了，在春雨的滋润下茁壮成长。春天带给人的是喜悦，是希望。

夏天是火热的，是浪漫的，也是美丽的。姑娘们穿着各色裙装，出现在街头，在咖啡馆，在城市的各个角落，成为都市的一道独特风景。夏天是恋爱的季节。夏天的火热催生恋人们的情愫，使有情人之间的温情转为似火的热烈，成全了一对又一对的恋人。

"让我们荡起双桨，小船儿推开波浪。"北海公园的碧波中，孩子们正划着小船，幸福写在他们天真的笑脸上。歌声唤起了多少人童年的美好回忆。

秋天是成熟的季节，也是收获的季节。秋天是多彩的季节，也是凋零的季节。秋风吹过，漫山遍野的红叶，绚丽多彩，美不胜收，然而随着深秋的来临，满目枯枝散乱，落叶飘零，令人神伤。所以自古以来，人类就不乏悲秋之作。

冬天是寒冷的，也是纯洁的。"忽如一夜春风来，千树万树梨花开。"一夜漫天飞雪过后，大地银装素裹，洁白晶莹，有如仙境一般。"千里冰封，万里雪飘。山舞银蛇，原驰蜡象。"面对此情此景，毛主席诗兴大发，写下了《沁园春·雪》这首气势磅礴的千古绝唱。

四季是时间的流逝，四季是时间的内涵。四季是时间的标尺，黑夜和白昼是时间的刻度。凡思维正常之人都知道四季的更替、光阴的流转是时间的全部内容，只有心智迷乱的人才会认为时间不为四季所测算，不为光阴所丈量。只有头脑混沌的人，才会认为时间是数字的游戏，是善变的妖精。

时间创造了哲学。中国古代思想家老子就是伟大的哲人，他创立的"道法自然"的理论体系，具有朴素辩证唯物主义的观点。"道可道，非常道。名可名，非常名。""上善若水，故几于道。"老子的境界如流水一般，泽万物而不争，处低下而不辱。随遇而安，不固于形，体现了其开阔的心胸和豁达的品性。

《逍遥游》《秋水篇》是庄子的杰作，文字气势宏伟、恣意纵横，俯仰于天地之间，充满浪漫主义的色彩。它们既是优美的文学作品，也是饱含人生哲理的旷世奇文。

存在即合理。黑格尔这位西方伟大的哲学家，以善于发现美的眼光，创建了辩证法和认识论，把西方的哲学理论推向高峰。他本人也成为西方思想界标志性的人物。

时间创造了历史。从金字塔到万里长城，从吴哥窟到泰姬陵。人类在地球上留下了许多伟大的建筑。作为漫长历史的见证，它们默默伫立在那里，向人类讲述着早已逝去的时光。

"文王拘而演《周易》。仲尼厄而作《春秋》。屈原放逐，乃赋《离骚》。左丘失明，厥有《国语》。""诗三百篇，大底圣贤发愤之所为作也。"太史公司马迁忍受着酷刑带来的屈辱，给后人留下了《史记》这部鸿篇巨制，记录了中华五千年文明史的开篇和前传。太史公不愧为中华史学第一人。

时间创造了艺术。《维纳斯》《大卫》《思想者》……米开朗琪罗、罗丹以及他们的前辈，给石头和青铜注入了生命。达·芬奇、拉斐尔、凡·高，则用色彩来塑造人物。虽手法不同，都给世界留下了不朽的杰作。

在遥远的东方，无数不知名姓的工匠，用他们毕生的精力，创造了云冈石窟、龙门石窟、莫高窟等伟大的艺术群。他们的名字已经融入那些灿烂辉煌的作品当中。

时间创造了音乐。《田园》《英雄》《命运》《欢乐颂》……贝多芬的音乐作品或愉悦，或雄壮，或痛苦，或欢笑，汇聚了人类的全部感情。贝多芬晚年完全失聪，他忍受着巨大的痛苦，却给后人写出了动听的乐曲。

《伏尔塔瓦河》在斯美塔那琴弦下静静流淌，宽广、宁静、澄澈、雄浑。青年时代的他反对奥地利的统治，争取自由独立，之后致力于民族音乐的发展。斯美塔那怀着对祖国的深深眷恋，谱写了这一曲调优美的乐章。

"碧草青青花盛开，彩蝶双双久徘徊。千古传颂深深爱，山伯永恋祝英台。"随着小提琴奏出的乐曲，哀怨低回，凄美动人。人们仿佛看到梁山伯与祝英台双双化蝶的唯美身影。一曲《梁祝》生动演绎了中国音乐史上的一段美丽传说。

时间创造了文学。"初唐四杰"之首的王勃，六岁能文，被人誉为神童。十四岁便写出了流传千古的名篇《滕王阁序》。"落霞与孤鹜齐飞，秋水共长天一色。渔舟唱晚，响穷彭蠡之滨，雁阵惊寒，声断衡阳之浦。""遥襟甫畅，逸兴遄飞。爽籁发而清风生，纤歌凝而白云遏。""君子见机，达人知命。老当益壮，宁移白首之心。穷且益坚，不坠青云之志。"全篇洋洋洒洒，一气呵成，文采飞扬，气势磅礴，堪称中国文学史上的巅峰之作。

中国古典文学有着辉煌的成就。《三国演义》《西游记》《水浒传》《红楼梦》，虽题材各异，却各有千秋。所有人物个性鲜明，故事丝丝入扣。

身为旗人的老舍，不仅是小说家，还是剧作家。他从小生活在北京护国寺附近的小羊圈胡同，对底层人民的生活有着深刻的了解。这为他的文学创作提供了丰富的素材。《骆驼祥子》《四世同堂》写尽了人世间的辛酸苦辣、国破家亡的爱恨情仇。

从湘西大山里走出来的沈从文，对家乡怀有深厚的感情。他以纯真质朴的笔调，描述了一幅湘西小城的风情画。碧绿的青山，弯弯的小河，河上摆渡的老艄公和他的外孙女。小城风情悠悠，民风淳朴，所有人物都是纯良敦厚，热情豪爽，仗义疏财，乐于助人。一部《边城》把读者带到了古老的沱江两岸。

世界文学同样是星光灿烂，精彩纷呈。伏尔加河孕育了俄罗斯伟大的作家托尔斯泰。他的名作《战争与和平》《安娜·卡列尼娜》在带给人们痛苦回忆和思索的同时，也使人们的精神境界得到了升华。

法国作家雨果的《巴黎圣母院》《悲惨世界》同样是充满对人类悲悯的传世之作，人性的美与丑、善与恶在小说中得到了淋漓尽致的表现。

时间创造了科学。科学给人以富足体面的生活，也给人毁灭地球和人类自身的力量。时至今日，科学已到了该做减法的时候。移民火星和外太空是不现实的。学会做减法，为后代留下生存的资源和空间，不要让后人诅咒今天的祖辈。

高天上流云，有晴也有阴。时光就是在人群的分分合合中向前流淌。人世间的悲欢离合、恩怨情仇，给单调的时间增加了韵味，使时间变得灵动起来。没有人类的存在，时间是呆板而乏味的。没有时间的存在，人类将无法生存。人是最懂得珍惜时间的，时间和人类是最好的伙伴。

新年伊始，万象更新。一年之计在于春，一日之计在于晨。这些都是关于时光的描述。忙于生计、忙于社交、忙于娱乐之外，人还是应该留一点时间用来思考。了解和学习别人的思想是重要的，独立思考也必不可少。不能让别人的思想完全代替自己的思想。

没有思考的人生或许是轻松惬意的，但缺少了厚重感和底蕴。思想是人宝贵的精神财富。让人生勤于思考，让思考成就人生。

笑话有点冷·九则

晒太阳

一老人听说晒太阳能补钙，于是坚持每天中午去晒太阳，一年四季从不间断，夏天最热的时候也是如此。结果，连头发也晒黑了。

写作文

一小学老师布置写一篇关于爸爸的作文。一学生回家后却写不出来。父亲得知后怒道:"你爸爸这么优秀,你还写不出来?"孩子愁眉苦脸地说:"写作文就像上厕所,肚子里没有,厕所再好也写不出来。"

一天白跑两趟

一人去某营业厅办业务,营业员告诉他每月的最后一天办不了,他向营业员抱怨白跑了一趟。回家以后,他发现办业务需要的单子没带,便看着单子感叹道:"今天一天白跑了两趟。"

老婆像天使

有人问一个男人:"你老婆好不好?"男人有些惆

怅地回答："我的老婆像天使。"对方说："那你老婆真不错啊！"男人回答："只是身材像。"

内　急

一人出门在外突然内急，看见附近有一公厕，却没有卖纸的。在厕所解决完毕，他掏出手机。走出厕所，此人暗自得意："幸亏买了个带厕纸功能的手机，不然今天就麻烦了。"

叫什么

一男人娶了个大三岁的媳妇，就管媳妇叫姐。后来媳妇不乐意了，说："你别管我叫姐了，都把我叫老了。"男人问："那叫什么啊？"媳妇说："叫老婆啊！"男人一愣："那不更老了吗？"

不会离婚

丈夫气愤地对要离婚的妻子说:"你以前说过我们将来不会离婚的。"妻子说:"我是说过。"丈夫:"那现在为什么要离婚?"妻子冷冷地说:"说这话的时候,我们还没有结婚。"

买煤油

一人开着电动汽车去买煤油,店家问他:"买煤油干啥?"那人叹了口气说:"电费太贵了,点不起电灯,买煤油回去晚上点灯。"

生客来访

　　某天，一家有陌生客人来访。主人问客人："您怎么称呼？"客人说："我叫钟昊麒。"这家的猫一听，"嗖"的一声就钻到床底下去了。

第二辑

小说

莫名的幸福感

一

　　在地下餐厅吃完饭，海涛回到京广中心32层的办公室。今天是周末，部门同事出差的出差，办事的办事，只有海涛一个人留守。整个上午，除了接几个电话，海涛一直无所事事。还没到下午上班时间，海涛

第二辑

小说

093

便靠在椅子上闭目养神。

海涛所在的法国布尔公司所有员工加起来不过30来人。老板是法国人，叫德·米约，大家都开玩笑地叫他"度蜜月"。说是老板，其实就是法国总部派来的现任总经理。京广中心是当时北京最高的建筑，几年以前，海涛还在研究所工作，一次他和师傅黄德增坐车经过，师傅对他说："什么时候你能到这里面来工作？"没想到师傅的话成了预言，几年以后，海涛真的到这里工作了。

办公室的墙面、家具和办公桌都是白色的，办公桌的隔板内侧是蓝色的，隔板和桌子的边沿贴着蓝色的边儿。墙上挂着公司的宣传画，地上铺着天蓝色的地毯。靠外一侧是椭圆形的大玻璃窗，和京广中心的外形一致。

下午上班时间到了，海涛拿着咖啡杯进了饮水机所在的复印间。公司负责打扫卫生的阿姨在里面坐着。阿姨快60岁了，胖胖的，眼睛老是眯着，眼角有很多鱼尾纹。她已经退休了，但在家闲不住，就找了这份保洁的工作。每天除了扫地、擦桌子、倒纸篓外，还负责为大家煮咖啡。

海涛和她打了个招呼，便去咖啡机上接了一杯热咖啡，又从旁边的糖盒里拿了两块方糖，从瓶子里舀了两勺咖啡伴侣放进去。咖啡是用咖啡豆磨出来的，闻着很香，喝起来也不会反酸。咖啡喝完了，阿姨又会重新烧上一壶。

阿姨问海涛："下星期出差吗？"

海涛回答："还不知道呢，现在还没定。"

阿姨又说："我女儿现在也在外企，她也是老出差。"

"她在哪家公司？"海涛问。

"在一家丹麦公司。"

"她做什么？"

"做销售。"

海涛拿着咖啡正准备离开，部门女秘书谷瑞斯拿着一沓文件走进来。谷瑞丝皮肤很白，留着一头漆黑的卷发，眉毛细长，眼睛不大，却是双眼皮，笑起来有些勾人。她刚结婚不久，先生原来也是海涛这个部门的，在海涛来之前就去别的公司了。谷瑞丝性格泼辣，声音虽然好听，但说起话来比男同事还冲。

"上午去哪儿了？"海涛问她。

"和程浙去交行总行了。"程浙是海涛的部门经理。

"他下午还回来吗？"

"不回来了。"谷瑞丝说完，拿着文件去复印。

海涛正要出门，谷瑞丝在后面说："你的工作报告该交了，别人都交了，就差你了。"

"好，我下午就写。"

海涛回到办公桌前，拿出工作报告，按照格式填写起来，心里却在想着怎样度过周末。他想起了阿月，对付着写完报告，并交给谷瑞丝，就给阿月打电话。

"喂，是我。"

"嗯。"

"晚上去学校跳舞吧！"

"好的。"

"那一起吃晚饭。"

"行啊！"

"那下班我在学校门口等你，到了给你打电话。"

"好吧。"

每到周末晚上，海涛会去学校学跳舞，也正是在那里遇到了阿月。他请阿月跳舞，阿月从不拒绝他。有时候一支曲子跳完，海涛就站在阿月身边，阿月也不故意躲开他。下一支曲子，海涛继续请她跳，她就接着和他跳。就这样，两人慢慢熟悉起来。

下班时间到了，海涛将车开出来，在京广桥下调了一个头，就上了东三环。路上很堵，车走走停停，终于到了阿月的学校门口。海涛拿出手机，给阿月打电话。不一会儿，阿月走出来，拉开车门上车。海涛问她："去哪儿吃饭？"阿月说："拐过弯有个地儿不错，就去那里吧！"

周末，餐馆顾客很多。一个服务员走过来问："您好，几位？"海涛说："两位。"服务员把他们领到一张靠墙的四人桌前。海涛拉开一把椅子坐下，阿月坐到他的对面。服务员拿来菜单，海涛把菜单放到阿月面前："你看吃点什么？"阿月把菜单推给海涛："你点吧，我吃什么都行。"海涛不再客气，点了川北凉粉、樟茶鸭、糟溜鱼片、剁椒鸡杂、白灼芥蓝几个菜，又点了个酸辣汤。服务员把菜名记在单子上，送走单子后，拿来两副碗碟摆在桌上，又拿来一壶热茶。海涛先给阿月倒上一碗，又给自己倒上一碗，端起来喝了一口，是大麦茶，有一股麦子的清香。

"我们家那位爱打篮球，吃完晚饭，他就爱去操场打篮球。"阿月说。

"他教什么的？"

"教自动化的。"

"你女儿多大了？"

"上小学了。"

"你结婚真早啊！"

"大学毕业刚参加工作，人家就给介绍了一个，还是同一个学校的，结完婚就生孩子，都是按部就班。"

服务员把菜端上来，两人边吃边聊。吃完饭时间还早，他们又喝了一会儿茶，看看时间差不多了，就从餐馆出来。海涛开车从前面掉了个头，开到舞会所在的学校，在作为舞厅的小会议厅附近停好车。

海涛买好票后，和阿月一起来到二楼舞厅。一进门，看到小阮坐在门口，海涛跟他打了个招呼，就和阿月一起找位子坐下。舞会还没开始，舞厅里人还不多，乐队正在试音，乐手们调试着乐器，发出断断续续单调的声音。陆陆续续有人进来，不一会儿位子就坐满了，后来的人只好先站着，和相识的人聊天。

舞会开始了，乐队奏起一支欢快的四步舞曲。海涛站起来，牵起阿月的手走进舞场。两人的舞步都很熟练，配合也很默契。海涛随意一个手势、一个转身，阿月就知道下一步怎么做。

海涛是在大学学会跳舞的。大三的时候，学校兴起跳舞。下了自习，大家就把小教室的桌子搬到一边，开始学跳舞。一个录音机，放上磁带，用来放舞曲音乐，会跳的同学当老师。海涛所在的是理工科大学，全班37个人，只有7个女生。这7个女生就成了众男生竞相邀请的舞伴。有时候在宿舍，男同学也互相教着跳。海涛的舍友吴明是西安人，吴爸爸有个同学，他的女儿在对面的北医读书，和吴明、海涛是一届的。那个女孩经常来宿舍找吴明。在海涛看来，那个女孩子是个美人，鸭蛋脸，柳叶眉，高鼻梁，一双漂亮的大眼睛，脸红红的像苹果一样。她的个子中等，身材既健美又匀称。全宿舍的人都看出她对吴明有意思，可是吴明对她不来电。一次，吴明对海涛说："她可有才了，弹钢琴、唱歌、跳舞都会，我真想把她介绍给你。"海涛听了没说话，他知道那个女孩子喜欢的是吴明。北医女生多，医学院的男生很多都不爱跳舞。开舞会的时候，那女孩子就会叫上吴明和他的舍友去跳舞。

一曲终了，海涛和阿月走到舞场边。乐队停顿了一会儿，开始演奏下一支曲子，他俩继续共舞，一曲接一曲地跳。又奏响一支曲子的时候，一位男士抢先向阿月伸出手，阿月拒绝了他，那位男士悻悻地走开了。

乐队休息时间，音响放起迪斯科舞曲，阿月下场去跳。海涛不喜欢跳迪斯科，就去了露台。这时，小阮走过来递给他一支烟。小阮瘦高个，浓眉毛，眼睛很大，却不那么有神。

"我媳妇怀孕了。"

"哦，那好啊，几个月了？"

"三个月了。"

"还上着班吗？"

"上着呢！"

小阮和他媳妇是同学，大学时就好上了，毕业不久就结了婚。小阮的父亲是一家银行的副行长，小阮也不工作，就炒炒国债，股票是从来不碰的，他认为炒股票有风险。

小阮家在大红门附近，离海涛以前工作的地方不远。有时候，他会叫上海涛去他们家打麻将。他家是两室一厅，起居室很大，几个人就在里面支上桌子玩牌。打的时间长了，小阮媳妇会做些馄饨和面条之类的夜宵给大家吃。小阮的牌技好，总是赢钱，徐波就会对他媳妇说："你家面条可真贵，300块钱一碗。"打到深夜，大家都累了，海涛和徐波就睡在沙发和钢丝床上。第二天早上，到木樨园长途汽车站的大街边上吃一碗卤煮火烧，然后开车一起回家。

有一次，小阮给海涛介绍了个女朋友，是个中学教师。见面那天，女教师带着妹妹一起来了。女教师性格开朗，一直说笑，但海涛没有心动。小阮还挺不解，半是对海涛半是自言自语地说："挺好的啊，怎么就不行呢？"

有一段时间，小阮总是和一个漂亮姑娘一起跳舞，时间一长，他媳妇就听到了风声。一天晚上，小阮和他媳妇都来了，但小阮还是去找那个姑娘跳舞。他媳妇不高兴了，就过来找海涛，一边跳舞一边找话说，跳完一曲也不走，就站在海涛身边，下一支舞还找他。对他们的事,海涛心知肚明,也不便多言。小阮媳妇的身材相貌其实一点不输那个姑娘,只是那个姑娘更年轻、更有活力而已。舞会进行到一半,小阮便独自先走了。他媳妇看他走了,过了一会儿和海涛打了个招呼,也走了。现在他媳妇怀孕了,海涛心想,他俩也该消停了。

乐队休息时间结束了,又开始奏起乐曲。海涛回到舞场,继续和阿月跳舞。舞会结束以后,他把阿月送回家。

周一早上是例会。小会议室里,众人围着桌子坐了一圈,程浙坐在桌子的一头,面前摆着一沓工作报告。程浙先是把每个人的工作报告点评了一番,又海阔天空地讲了一通。他讲话的时候,表情很丰富,语调抑扬顿挫,再配合各种手势,很有演说家的味道。他讲完以后,又要大家发言谈谈自己的看法。大家各抒己见后,会议就结束了。

二

海涛正在大连周水子机场候机。每年他都会来几次大连，对这座海滨城市很熟悉，也很喜欢。海涛到得早，候机大厅里人不多，很安静。阳光透过落地窗洒进来，明亮而温暖。海涛不喜欢坐飞机，起飞、降落和颠簸的时候，都会感到非常不舒服。他却喜欢候机的感觉，特别是在人少、航班不多的机场。在候机厅坐着看书，透过玻璃窗看着宽敞的停机坪和跑道上起降飞机时，他都会有一种非常放松的感觉。

经过不到一小时的飞行，飞机降落在首都机场。海涛背着包，在电子显示屏上找到所乘航班的行李传送带，走到旁边等着。过了好一会儿，传送带动起来，行李一件一件地转出来。他找到自己的箱子，拉着箱子走到机场外等出租车。等车的人很多，队排得很长，出租车一辆接着一辆有秩序地开过来，引导员把乘客一个个引向出租车。排到乘车口，引导员问他："您去哪儿？"他说了目的地，引导员指向后面的一辆出租车："您坐这辆。"海涛打开后备厢，把行李放进去，再坐到司机的旁边。一路上车很多，到了三元桥，又开始堵车，打车到家的时间比飞行的时间还长。

第二天，海涛没去上班，在家休息了一天。晚上吃完饭，阿月打来电话：

"你能出来一趟吗？"

"可以呀，去哪儿？"

"你先出来吧！"

"好吧！"

挂断电话，海涛开车去学校，不一会儿阿月就出来了。

"去哪儿？"海涛又问。

"你先开车吧！"阿月说。

海涛开车沿着樱花西街前行，又开到熊猫环岛。

这时，阿月说："去电视塔吧！"

阿月说的电视塔就是西三环的中央电视塔，上面有个旋转餐厅，既可以观光又可以用餐，餐桌就装在最外侧靠窗的旋转平台上，可以看到北京的全景。海涛去过那里，从上面看北京的夜景是很美的。

开车上三环一路向西，已经可以看到电视塔高大的塔身和高耸的塔尖了，阿月突然说："不去了。"海涛心想，阿月今天这是怎么了，一脸的不高兴，行为这么古怪，但他没有问，也没有说话，沿着三环继续开车。阿月也不说话，又开出去好远，阿月才说："我们回去吧。"海涛便在前面的跨线桥下掉头，从原路往回开，把阿月送回了家。

三

路上的车很多，车速很慢，走走停停。海涛心里着急，可是没有用。到了京广桥，出了主路，调头又用了好长时间。好容易到了京广大厦底下，却找不到停车位。转了一圈，在呼家楼邮局附近才找到一个位置，把车停了进去。进到楼里，等电梯的人很多，海涛随着众人走进电梯，超重报警器又"嘟嘟"地响起来，他只好退出来，等下一部电梯。进公司大门的时候，还是晚了几分钟。

张建华正在座位上边喝咖啡边翻着一本杂志，杨明在写着什么，他每天都是第一个到办公室。海涛还不是最晚的，又过了一会儿，袁飞、小罗、小朱才陆陆续续到了。大家闲聊了几句，就开始各干各的。

杨明以前和海涛一样，也是在研究所工作。所里派他到法国进修了两年。别人进修都是抓紧时间学外语、搞专业，他却抽空跑到戛纳海滩卖冰棍。张建华学的是日语，以前在一家日资公司工作，因为受不了日本人严格的制度，就跳槽来了这家公司。在这家公司，他们两个算是元老级人物。

程浙领着一个人走进来。海涛一看，是个高挑的女人，身穿深蓝色职业套装，留着齐耳短发，戴着一副无框眼镜，眉目清秀，却颇有气场，浑身上下透着一股成熟女人的味道。程浙给大家介绍："这是市场部新来的经理陈燕，大家认识一下。"陈燕笑着和大家打招呼，问了每个人名字，又说了几句客套话，便和程浙一起走了。

此后，海涛有时会在公司碰到陈燕，也听到一些有关她的传闻：她以前在政府部门工作，去法国进修过两年，能说一口流利的法语，后来跳槽到外企。她先生是她原来单位的同事，现在还在原单位工作。

四

徐波最近新认识了一个叫小刘的女朋友，想和她一起出去玩，就来找海涛拿主意。海涛想起阿月曾经说过百花山不错，就给阿月打电话，阿月答应一起去。商量好时间，周末的早晨，四个人就一同出发了。

海涛开车，阿月坐副驾，徐波和小刘坐在后排。四个人里只有阿月去过百花山，所以她负责带路。她要带大家去的第一站是青龙峡。他们先是经过乡村和田间的公路，后来就是野地里的土路，两旁是野草、水洼和小丘。阿月指的路一点也没错，在荒野里开了好长时间，青龙峡到了。他们把车停在大坝下的停车场，从大坝上的台阶上到游艇码头。

等游艇的人很多，排成长龙。碧绿的湖水被夹在青山之间，游艇开向湖深处，激起一道道涟漪，这里的风景真的很美。

从青龙峡出来，阿月要带大家去爨底下村。又开了很久的车，爨底下村到了。他们在村口停好车，走进这个依山而建的古老村落。这里多是带有小院的灰瓦平房，门和窗均为木质。从山脚到山顶，一排一排房子高低相间，错落有致。村子古朴而宁静，把人带回到百年以前的岁月。

晚上，一行人就住在斋堂附近的一个小旅店里。房间很小，进门一侧是卫生间，靠窗放着一张方桌，桌子两旁是两张单人床。阿月去卫生间冲澡，冲完回床上躺下。海涛开了一天的车感到很疲倦，连澡也没冲，阿月跟他说话，他也没听清，嗯嗯啊啊地答应着，没多久就睡着了。

第二天早上，海涛醒来的时候，天已经完全亮了，拉开窗帘，可以看到外面明媚的阳光。阿月也醒了，但没有起床。

"我的腰和背都有点酸。"阿月说。

"我给你按摩按摩。"海涛就像个按摩师一样给阿月按摩起来。他先揉她的双肩,揉了一会儿,再按她的背,慢慢地从上按到下。又按了好一阵,开始按她的腰。按着按着,他的手抓住阿月睡裤的裤腰,轻轻往下拉了点。

"行了啊!"阿月说道。

海涛停住手,从床上下来,进了卫生间。

阿月站在桌子前,面向窗户梳着头。听到海涛从卫生间出来,阿月没有转身,说:"原来多好的一个姑娘,现在变这样了,这要让别人知道了会怎么说啊?"海涛没说话,走到床前收拾东西,阿月放下梳子进了卫生间。

旅店准备了早餐,有馒头、菜团子、小米粥、咸菜、大块的红色酱豆腐,还有一盆凉拌圆白菜。圆白菜切成丝,放了醋和白糖,味道很好。海涛吃过一碟以后，又去添了一次。吃过早饭，四人拿好东西，上车向百花山的方向开去。

百花山上，山路用石块砌成，两旁是漫山遍野的松树，空气中弥漫着松树的清香。虽然是大晴天，但行走在被松林掩映的小路上依然很是凉爽。几个人在蜿蜒的山路上走了很长时间，石阶没有了，变成满是碎石的土路，愈发难走。海涛觉得有点累，就从路边捡了根木棍撑着走。

到达山顶后，眼前赫然出现一个宽阔的草原，海涛放眼望去，草地如波浪一样起伏，侧面的山峰是草地的屏障，使得景色更加生动。

"太美了！"小刘喊道。

"是啊，感觉像到了大草原一样。"海涛说。

"要是有马就好了，可以在这骑马。"徐波说。

海涛喜欢骑马，每次去草原都会骑马，有时还会到乡间，在寂静无人的山林中骑马跑上十几公里。

第二辑 小说

草地上开满五颜六色的野花，四人漫步其中。"在这儿野营也不错。"阿月说，"搭上一顶帐篷，呼吸新鲜空气，享受美味野餐，多美啊！"

海涛观赏着周围的景致，山顶是宽阔的草原，四周群山环抱，大小山丘形如奔腾的群马，拱卫山巅。徐波和小刘去远处照相，阿月去采野花，海涛一转头，看见在开满野花的草地上，阿月长发飘飘，一袭白衣，独自站在蔚蓝的天空下。

五

海涛和杨明从西安出差回来，听到同事们在议论，市场部新来了个叫小陈的女秘书。海涛在公司常看到小陈，但除了工作以外，和小陈没有太多接触。有时候小陈过来办事，经过海涛跟前，会停下来和海涛聊上几句，但关系也不密切。小陈在公司待了一年以后，就去了别的公司。

这天下午，海涛正在办公室，财务部的玛丽走进来。玛丽三十多岁，是马来西亚人，到公司已经半年多了，最近回了趟国。她手里拿着一包糖，一边和大家打招呼，一边把糖分给大家。玛丽笑着说："榴梿糖，挺好吃的。"其他人接过糖，都剥了一颗放在嘴里。海涛接过来，把糖抓在手里没动。等玛丽走了，他把糖递给旁边看书的小罗。小罗问他："你不吃吗？"海涛回答："我不爱吃。"小罗说："挺好吃的。"海涛说："我受不了那种味道。我不但不爱吃榴梿，热带水果都不爱吃。什么火龙果、山竹啊，我都不爱吃。"小罗听了，也不再说话，继续看他的书。小罗准备出国，上班没事的时候就在学英语。同事们都假装没看见，程浙也是睁一眼闭一眼。后来小罗去美国留学，又在那里工作，这已经是几年以后的事了。

周五，海涛正在看一种新设备的英文资料。他口语、听力不行，外国人说话全听不懂，但他阅读没问题，专业的英文资料，只要翻翻词典，就能读懂，也能翻译出来。

"你明天能陪我出去一趟吗？"阿月打来电话。

"可以呀，什么时候？"

"下午两点，你在门口等我。"

"好吧！"

第二天中午，海涛开车到了学校门口。差不多的时间，阿月出来了。上车以后，她对海涛说："我有个朋友在赛特，她说今天有打折的东西，我想去看看。"海涛开车到了赛特，两人一起上到三楼。阿月走到一个柜台，和营业员一说，营业员进后面把她的朋友叫出来。两个女人开始聊天，海涛就在旁边等着。两人聊够了，阿月的朋友带她去看衣服。阿月拿了一件毛衣搭在身上，问海涛："这件行吗？"是一件圆领驼色竖纹毛衣。海涛看了看，说："这件挺好的，你穿挺合适。"阿月又挑了几件衣服，朋友接着带她去了卖鞋的柜台。阿月又挑了几双皮鞋，跟朋友聊了几句，就和海涛一起离开赛特。看看时间还早，两人一起去了后海，在一家酒吧二楼靠窗的位置坐着。透过窗子可以看到后海，对着窗子有一个很大的木头平台，有雕花的栏杆，就在水的边上。海涛要了一壶茶、一个果盘和一些小点心。他们一直坐到晚上，找了个饭馆吃完饭，就送阿月回家了。

六

海涛正在办公室做准备，他明天要飞济南。谷瑞丝走进来，把一个印着飞机和地球图案的机票袋递给他："给你机票。"海涛拿出机票打开看，旁边的小宋问："哪个航班？"海涛说是国航的航班。小宋是个高个儿帅小伙，高颧骨，两道剑眉浓黑，一双大眼炯炯有神。他女朋友是国航的空乘。明天正好是她的乘务组执飞这个航班，尽管她本人并不当班，但小宋还是对海涛说："你明天跟她们提我的名字，就说是我的同事，要她们给你换到头等舱。"谷瑞丝说："不错啊，免费升舱了。"第二天临上飞机，海涛一想，不到一小时的时间，坐头等舱也没那个必要，就没去找乘务员，还是坐普通舱飞到济南。

从济南回来后，海涛就开始忙一个关于培训的工作。这天他正在写讲义，桌上的电话响了，是程浙打来的，他告诉海涛，陈燕的电脑坏了，要他去看看。陈燕的办公室面积不大，文件柜中放满了文件和资料，她坐在电脑桌前的皮转椅上，笑着对海涛说："我这电脑不能用了，你给看看吧。"海涛说了声"好"。她站起身，把椅子让给海涛。海涛坐下来检查，修好电脑后，对她说："好了，你试试吧！"陈燕试了试电脑，笑着对他说："谢谢你。"

不久以后，陈燕想将海涛调到她的部门，程浙却不同意，陈燕就招了一个叫靳书刚的人。

程浙过来和大家谈工作时，顺便告诉大家一个消息，原来市场部的秘书小陈得了癌症，已经住院了。海涛因为和小陈不是很熟，也没往心里去。

七

夏天的傍晚，天还没有完全黑，青年湖湖心岛的舞会已经开始了，乐队在演奏着舞曲，海涛和阿月一起跳舞。

这是一个四面环水的小岛，两边离岸近的地方各有一座小桥。岛上有一幢白色的房子，白天这里是茶

第二辑 小说

119

室。一条白色的回廊和房子相连，四周种着柳树，放眼一望，可以看到公园的风景。在这样一个柳岸成荫、碧水环绕的小岛上跳舞，别有一番情趣。

　　一曲探戈结束，乐队又奏响慢四舞曲。岛上的灯完全黑了，夜空中只有星光闪烁。海涛放开阿月的手，转而轻轻地搂住她的腰，将她拥入怀中。阿月没有抗拒。在学校跳舞的时候，灯光总是亮的，海涛从没这么做过。今天在夜的黑暗中，海涛才把阿月拥在怀里，两人慢慢地舞着。

　　从湖心岛到公园门口还有一段距离，小路两旁有月季和顶部修平的低矮绿植，空气中时而飘来一阵若有若无的丁香花的香气。阿月轻轻拉住海涛的胳膊，两人慢慢地走到公园门口。

　　路上车不多，人也不多。行道树遮蔽在路的上方，投下暗影。天凉爽下来，偶尔一阵微风吹过，使夏天的夜晚有了一种寂静的感觉。

"我们认识挺长时间了。"

"是啊。"海涛说。

"会有结果吗？"阿月沉默了一会儿，望着前方，突然这样说道。

海涛脸上没有表情，心里却愣了一下。他没有回答阿月的问题，因为他不知道该如何回答。他不知道阿月怎么会忽然说出这样的话来。他一直拿阿月当朋友，也一直认为阿月只是拿他当朋友。尽管他喜欢阿月，也曾经想要和她亲热，但他知道她有家庭，有女儿，他从没想过要去改变这一切。对于阿月的话，他也只有无言以对了。

八

这天上午，程浙对大家说："小陈去世了。""啊！"海涛大吃一惊，虽然他和小陈不是很熟，但毕竟同事一场。上次听说她得癌症的时候，完全没想到情况这么严重，才一年多的时间人就不在了。想想小陈才二十多岁，还是个未婚的小姑娘，海涛心里有些为她难过。

小陈的告别仪式在肿瘤医院告别室举行。下午，大家坐上公司的班车一起去医院。告别室门口，有人给来宾各发一枝白色的百合花。小陈静静地躺在鲜花丛中，穿着白色衣裤，脚上穿着一双黑色系带的皮鞋。然而，海涛看到的却不是他认识的那个小陈，她脸上化着浓妆，嘴唇涂得通红。他有些怀疑，躺在那儿的真的是小陈吗？

在场的亲属只有小陈爸爸一个人。大家在灵床前静默了一会儿，沿着灵床走过去，眼睛注视着小陈，用目光和她告别，走到她身边的时候，把手里的百合花放在她的身上。来宾和小陈爸爸握手后，又从灵床的另一边走过，绕着小陈走了一圈，然后走出告别室。

从医院回来的路上，海涛和靳书刚坐在一起。靳书刚对他说："赶快结婚吧，人生是很短的。"靳书刚曾经给海涛介绍过一个叫张丽的女朋友，海涛和她交往过一段时间，后来因为性格不合分开了。靳书刚的话说到了海涛的痛处，他半天没说出话来。

九

晴朗的早晨，阳光明媚。海涛开车出石景山，向郊外开去。他的旁边坐着娟子，两人准备去百花山露营。录音机里放着时下流行的歌曲，海涛的心情和天气一样好，娟子也是一副轻松的样子。

娟子圆圆的脸，大大的眼睛，长相甜美，个子不高，但身材丰满，可谓珠圆玉润。为了这次露营，两人做了充分的准备，带了帐篷、睡袋、防潮垫、防风炉、气罐、锅碗和勺等用品，还有水、啤酒和许多食物。两人的背包都塞得满满的。

车子行驶在乡间公路上，四周青山连绵，两旁时而出现高大的白杨。这条路海涛只走过两次，但大致方向还记得。

"我们那儿可好了，等你去的时候，我给你当导游。"

"那你会做菜吗？"

"会啊！"

"人家都说最考验厨师水平的川菜是鱼香肉丝，鱼香肉丝做得好，才真正算是会做川菜。"

"我做得可好了。"

娟子的声音很甜，她是四川人，说普通话不带卷舌音。她按了一下录音机上的按钮，磁带弹了出来，她把那盘磁带拿出来，换上一盘新的。

快到中午，海涛看到路边有一家农家饭馆，就开过去在门前停下车，两人一起走进饭馆。老板拿来菜单，海涛点了几个菜，和娟子一起吃完饭，又向老板问了问路，就继续往前开去。

看到前面出现转弯的上坡路，他知道百花山到了。停车场里车不多，四周没有一个人。两人下车拿出背包和物品，娟子的背包很大，再加上面的防潮垫，已经超过她的头顶了。海涛不禁有些担心，他问娟子："你行吗？"娟子说："放心吧，没问题。"

依旧是石头台阶，依旧是漫山遍野的松树，依旧是林间阴凉的小路。除了海涛和娟子，山路上再没有一个人。两人拿着登山杖，一前一后开始爬山。快到山顶的时候，海涛发现以前的碎石土路已经修成石阶路了。海涛忽然有些担心。到达山顶以后，看到已经有人在野营，三三两两地搭着一些帐篷，他的心放下了。

两人找了个又平坦又避风的地方开始扎帐篷。把支架撑开，篷布挂上去，海涛用地钉把支架固定住。娟子挂上固定绳，海涛再把绳子拉紧，用地钉固定在地上。帐篷搭好了，天也已经黑了，海涛把气罐和炉子接好，娟子用火腿、黄瓜、胡萝卜丁做了个炒饭，又用带来的蔬菜做了一个沙拉，还有一个汤。吃完饭、喝完汤，海涛就着火腿和熏鱼喝啤酒，娟子也能喝一点。

用餐完毕，两人把东西收拾好，把包放进帐篷，戴上头灯，拿上手电，一起向草地走去。夜空静谧而深邃，繁星点缀其间。两人走到几顶帐篷附近，一些人围在一起玩"杀人游戏"，娟子过去和他们聊天，海涛就在原地等着。娟子聊了一会儿就回来了，两人继续向草原深处走去。

半夜，海涛醒了，觉得帐篷里有些憋闷，胸口不舒服。他连续做了几个深呼吸，看看旁边的娟子，她睡得正香。海涛揉了揉胸口，继续深呼吸，过了一会儿感觉好了一些。一阵困意袭来，他又睡着了。

第二天早晨醒来的时候，娟子已经不在帐篷里。她把早饭做好了，煎了培根、鸡蛋，还煮了咖啡。海涛吃过培根和鸡蛋，就着咖啡又吃了一块蛋糕。

吃过早饭，两人又一起向草原走去。早晨清凉，空气中青草的味道使人心情舒畅。走着走着，娟子慢了下来，海涛独自走到山边，隔着一条缝隙，有一块巨石。他跳过去，站在石头上眺望远山。连绵不断的群山很有层次感，近处的呈青黛色，稍远的呈深蓝色，再远些的呈浅蓝色，直至和天空融为一体。

娟子捧着一束野花走了过来。海涛伸出手，娟子一手捧花，一手握住海涛的手，跳了过来。"这个给你。"娟子把花递给海涛。巨石旁边有一条小路，"我下去看看。"娟子说着就从小路下去，留下一个粉红色的背影。

"多么美好的一个早晨。"海涛心想。他望着连绵起伏、重峦叠嶂的群山，深深嗅闻着那捧野花的香气。

十

天色已黑，海涛站在路灯下，等候露茜。这里远离城市中心，狭窄的街巷中没什么人。一个人迎面走过来，海涛一看，是个年轻姑娘，个子高高的，身材很苗条，穿着一件天蓝色的上衣、一条紧身牛仔裤，两条修长的腿在海涛看来有些偏瘦。女孩长发披肩，戴一副眼镜，说不上漂亮，但也不丑。

"你是露茜吗？"

"是的。"

"你好，我是戴维。"

"你在哪儿上班？"

"京广中心，你呢？"

"我在国贸。"

"那我们离得很近啊！"

"是啊！"

两个人距离很近，住得却又很远，海涛穿越大半个北京城才到了这里。

"我们去哪儿？"

"去静之湖酒店吧！"海涛在那里开过一周的会，所以知道那个地方。

"好的。"

"你有多高啊？"海涛忍不住问了一句。

"1米72。"

"可真不矮。"海涛心里想。海涛的前女友中，最高的小师也不过1米68。这让他不由得想起那个有着宝钗一样的面相和性情，长眉毛、大眼睛、身材挺拔健康、皮肤黝黑的姑娘。

静之湖酒店在郊外，因为只去过一次，又是在夜里，海涛认不清路，不得不下来问了两次。再往前开，寂静的路上灯光昏暗，看不到一个人，车灯明晃晃地照亮了空旷的田野。露茜的脸上流露出一丝不安，她对海涛说："我们回去吧！"海涛看了她一眼，没说话，在前面调了个头。往回开了一段，露茜好像有些歉疚，她对海涛说："我们还是去吧！"海涛只说了一句："好吧！"他又开了很久，终于把车开进酒店的停车场。

海涛和露茜一起穿过由假山、凉亭和一个面积不小的湖组成的宽阔庭院，来到灯火通明的酒店大堂，前台女接待员微笑着向他们问好。海涛登记以后，就和露茜去了楼上房间。房间很大，地上铺着厚厚的地毯，厚重的窗帘已经拉上。一张大床，床对面的柜子上有电视。床上铺着被子，还有两个枕头。

一进房间，露茜就去了卫生间洗澡，海涛倚在床上看电视。新换的床单、被子和枕头有一股清新的气味。

露茜洗完澡，头上包着白毛巾，身上裹着浴巾，从卫生间出来。海涛坐起身默默地看着她，她肩膀平平的，不宽不窄，两臂纤细，锁骨明显，两边各有一个秋湖一样的窝，浴巾上方露出的胸脯饱满细腻；肌肤雪白光滑，即使裹着浴巾也能看出身段苗条，大腿修长。摘掉眼镜的她，看起来还有几分妩媚。

这天以后，海涛再没和露茜联系过。几个月后，海涛接到露茜打来的电话：

"我在广州。"

"嗯。"

"我怀孕了。"

"啊！"海涛大吃一惊，"怎么会这样。"

"是你的，我没和别人。"

"那怎么办啊？"

"我已经做掉了。"

海涛有些意外，他没想到露茜会自己去做掉。露
茜没再说话，海涛就问她："你为什么不来找我？"

"因为你对我不好。"露茜恨恨地说。

海涛沉默了，听出了露茜的怨气。停了一会儿，
他问露茜："那你想要我做点什么？"

"我不想要你做什么，我只是想让你知道。"露
茜说。

海涛感到很歉疚，他真心诚意地对露茜说："对
不起。"

听海涛说对不起，露茜便挂断了电话。收起电
话，海涛内心忽然涌起一种莫名的幸福感，虽然不强

烈，但很真实，连他自己也不明白怎么会产生这样的感觉。这种感觉很快就消失了。此后，海涛偶尔想起这件事情，却再也没产生过那种感觉。

天门之源

　　话说万年之前，玉帝因天宫狭促，就想到人间一游，但因年事已高，不愿再受腾云之苦，就宣太白金星觐见。

　　太白金星见了玉帝就问："陛下宣老臣何事？"玉帝说："朕想修一条通往人间的甬道，一来可以乘车下界巡视，了解民间疾苦；二来朕可以宣召人间的忠臣孝子、节妇烈女，让他们到天宫游玩游玩。朕也能当面褒奖于他们。"

一旁的太上老君听了，想到以后可以坐车去看看下界多年未见的老朋友，还能用车把老朋友送的礼物运回来，就说："此事甚好，甚好。"

太白金星就说："陛下真是仁德之君，如此关心人间疾苦，有尧舜之风。臣等马上就去办理此事。"

太白金星是做事认真负责又有主动精神之人，想到玉帝下界须有行宫居住，又想到早先下界时，曾见徽州有一处山，很是清凉，就决定把天门修在徽州之处。于是，他叫千里眼来观看甬道走向。哪知那千里眼喝酒误事，竟把方向标错了。太白金星率领众天工，披星戴月总算修好了甬道。出得门来一看，竟是在西湘之地。那千里眼自知闯祸了，赶紧跪求太白金星不要禀报玉帝。金星老头儿一想，事已至此，处罚千里眼也于事无补，不如做个人情帮千里眼隐瞒了下来，也叫众天工不得传扬出去。于是，千里眼就用一年的薪俸请太白金星和所有天工豪饮了三天，还孝敬给太白金星不少金银珠宝。

甬道修好后，玉帝十分欢喜，就乘龙车凤辇去往人间。出得天门一看，脸色骤变，因为门外是一座巨大的石头秃山，便再命太白金星在此地修建个花园。

太白金星向玉帝奏道："陛下，此处乃人间之地，天工在此施工多有不便，也难有人间的韵味。需请人间之能工巧匠为之。"玉帝就问："何人可为此事？"太白金星答道："陛下，鲁班可当此任。"玉帝就奇怪了："鲁班乃木匠，怎可做得此事？"太白金星解释道："陛下有所不知，那鲁班虽为木匠，石工也是了得。先时，他在河北赵州修了一座石桥，张果老为了难为他，架独轮小车担泰山从上面压过，也未曾垮塌，只在桥上留下一道车辙。"玉帝听了就说："速带他到天庭见我。"

太白金星连忙去找鲁班，带他通过甬道来到天庭。玉帝见了鲁班，就把自己的意思说了。鲁班说："要做此事不难，可以岩石为枝干，以云霞为花叶，修成后以天水灌溉。此花园必为陛下所爱。"玉帝听了大喜："卿可速速去办，事成以后必有重赏。"

　　鲁班又说："此工程浩大，需大量劈石之工人。"玉帝说："卿可去人间招募，工钱吃住皆由天庭报销。"鲁班答道："陛下，此非凡人所能做，须鬼中会劈石者，才有此神力。"

　　于是，玉帝就命令钟馗，凡孤魂野鬼中会劈石者，一律不得捉拿，要以礼相待，带去给鲁班做工。钟馗接旨，便去办理不提。

　　鲁班回到家中，先辞别父老乡亲，又拜别了父母，告别妻儿，便去往那天门所在之地。妻子留在家中照料年迈的公婆和幼小的子女。

　　鲁班到了天门外，和众鬼并肩作战，日夜不停，十年间从来不曾回家一次。十年以后，花园终于修好了，果然是秋丹春碧，冬雪夏花，美不胜收。玉帝看了十分欢喜。鲁班就为那些做工的野鬼向玉帝邀功。玉帝想到众鬼的劈石之苦，就准他们下世投胎。众鬼欢欢喜喜地投胎做人去了。玉帝还要重赏鲁班，被鲁班谢绝了，然后他回到民间，继续为百姓做事去了。

那鲁班修园之时，太白金星就为玉帝在徽州一带选了一座山，在其中一座山峰上仿照天宫的模样修建了宫殿。此峰后来就叫作"天都峰"。而此山也成为玉帝在下界避暑疗养之所，凡人是不准上去的。这座山当年叫作"皇山"。

后来有一年，王母办蟠桃大会，佛祖、观音等各路神仙都来了。众仙饮宴之际，仙女们在殿前翩翩起舞，仙乐飘飘，热闹非凡。佛祖就对玉帝说："陛下，听说你在人间有一僻静之处，甚是美好，可否带我也去一观？"玉帝当即表示："如来想去，焉能推辞？"

就带着如来和众神在天兵天将的护卫、宫娥仙女的簇拥下，来到皇山。

玉帝佛祖一行先在天都峰的宫殿里，享受人间美味，有清蒸鲈鱼、桂花大虾、东坡肉、叫花鸡、香椿炒蛋、凉拌黄瓜。佛祖和众菩萨、罗汉因不吃荤腥，另有素斋果品招待：清蒸芦笋、御膳豆腐、香菇油菜、炒三丝、糖拌西红柿、广东荔枝等应有尽有，最后一道菜是佛跳墙。佛祖一听菜名，赶紧带着众菩萨、罗汉离了天都峰的宫殿，去别处游赏。

众菩萨、罗汉来到一座山峰的脚下，打算歇一歇。跟随过来的天兵天将马上准备好莲花宝座，又在石桌上铺好桌布，摆上西瓜、哈密瓜、白兰瓜，然后在紫色的夜光杯里倒满现榨的鲜果汁，有橙汁、桃汁、胡萝卜汁。大家休息好了，返回宫殿，和玉帝以及众神闲话聊天。后来，众菩萨、罗汉休息的这座山峰，就叫作"莲花峰"。

后来，孙行者几次大闹天宫，搅乱蟠桃会，踢倒八卦炉，把天庭搞得不可安宁。再后来，共工和祝融闹翻了，一怒之下撞倒了天柱。一时间，山崩地裂，浊浪排空。天为之倾斜，倒向一角。天庭也为之震动，损坏房屋无数，而通往人间的甬道有些地方被震落的巨石堵塞，有些地方被汹涌的洪水阻断。玉帝为此心情沉重。加之宫宇受损，天庭经济紧缩。因为没钱重修甬道，玉帝也没心思下界游玩了，天庭到人间的路也就被切断了。而天门外的花园，因为没了天水的浇灌，再也长不出茂密的枝叶，但石缝里仍能长出一些绿草和灌木，配上山石的颜色以及丛林般的石峰，却也别有一番景致。往日的天门还留下了一个巨大的穹顶。

后来，有强人聚集于此，呼啸山林，留下众多山寨。而今强人已不见踪影，但山寨还在。此地虽然不再有天水浇灌，但在人间雨雪甘霖的润泽下，也是清溪碧草，流水潺潺，树木葱茏，百花争艳，成了旅游胜地。据说，神笔马良到此几次想作画，总觉难得其神韵，弃笔而去。有人闻此于是感叹，作诗一首为证：

绿在石中岩作岭，

天门一洞到天穹。

青峰碧寨春时冷，

紫陌清溪夏意融。

钟烈不擒持斧魅，

鲁能何又镂崖工。

再嗟难画无颜色，

良叹投毫绘未终。

再说徽州的皇山，因玉帝不再来了，宫殿无人修缮，年深日久，也就没了痕迹，但当年宫殿所在的那座山峰仍被叫作"天都峰"。众菩萨休息的那座山峰，也还叫作"莲花峰"。如今，没有天兵天将的把守，凡人也能上山游玩。群山的名字后来也取其山色，改叫"黄山"。此山虽然不见了神仙，依然是美松奇石，云蒸雾漫，泉水清清，宛如天上人间一般。有人游玩至此，感念此山乃是当年神仙的住所，又见如此景色，作诗一首道：

二峰巍耸瀑泉湍，

石隐云山雾现峦。

松岭难能栖月露，

游人有幸到天寒。

且说天道断绝之前，玉帝经常下界。每次都要在天门外的花园里歇息。因花园四季俱有佳景，所以玉帝总在园内野餐。夏时享瓜果时蔬，春秋以鲜鱼肥蟹，冬至则烤鹿脯佐酒。因园中无鸟鸣，玉帝便命一凤凰入内，率百鸟歌唱，其美妙甚于天籁。玉帝与众仙每每流连忘返，大有乐不思蜀之意。歌兴浓时，凤凰引众孔雀化作美女翩翩起舞，玉帝看得如醉如痴，王母则面露不悦之色。

那凤凰因常在园中听众仙论道，天长日久便得到一些悟性。平日里自行修炼，已有了一些仙根，只要再多得众仙的点拨，再修炼百年，便可成仙得道。

等到共工撞倒天柱之后，玉帝不再下凡，花园因得不到天水的浇灌，园中之树不再开花结果，渐渐化作石峰。百鸟得不到食物，死的死，走的走，只有凤凰留了下来，希望有朝一日玉帝会带着众仙重新从天门走出来，花园会重新开满鲜花，她还能重新听到众仙讲道，修成正果。

因为花园里已经没有花和果实，凤凰得不到食物，只好幻化成一个年轻的姑娘。她在天门附近的山里用木头和茅草盖了一个简易的房子，种了一些粮食和蔬菜，过着自给自足的生活。起初的生活还很平静，不想周围的土地越来越贫瘠，许多山民为生活所迫落草为寇，当了强人。这些强人的头领知道山中住着一个美丽的姑娘，就前来骚扰，都要抢她去做压寨夫人。几伙强人还为了争夺凤凰而大打出手。凤凰没办法，只好在一个夜晚施法术使看守的强人昏昏睡去，然后逃离大山，来到沱江边上一个叫"乌鸡村"的村落。一个姓沈的渔民收留了她，后来凤凰就嫁给了姓沈的渔民。

那时候沱江的水是混浊的，村子周围的土地也是贫瘠的，四周都是荒山秃岭。村民做渔民打不到多少鱼，种地呢又收不到多少粮食，日子过得都很艰苦。凤凰接连生了几个子女，总是想办法让孩子过得好一点。她对乡邻也很友善，总是尽力帮助那些有困难的邻居。村里的老人小孩都很喜欢她。

凤凰很长寿，丈夫死去了，儿女都死去了，她还活着。村民们只说她心地善良，所以得以长寿。直到她的孙子孙女都成了老人，凤凰终于走到了生命的尽头。临终之际，她对后辈说道："我本是天上的凤凰，落难到了人间。我死后，你们把我的棺木沉到沱江里，我会保佑这里的。"

后辈们以为她是老糊涂了，没把她的话当真。凤凰死后，家里人披麻戴孝，在屋外搭了灵棚，摆上白纸扎的花圈。灵柩就停在家中的堂屋里。白天，家人们请了几个专做红白喜事的吹鼓手，在灵棚里吹奏。乡亲们纷纷前来祭奠，家里的小辈便跪下磕头，向来人答礼。中午和傍晚，灵棚里摆上了席，乡亲们照例来吃酒。到晚上，吹鼓手都回去了，留下几个小辈守灵，其他人也歇息了。

当天夜里，有外出的村民发现凤凰家的屋顶有五颜六色的光晕，连忙来找她的家人。家人来到停灵的房间，守灵的人都在打瞌睡。家人叫醒守灵的人，大家也看不出异常，便一起出得门来，看到屋顶果然有各色光晕，变幻无常。回到屋里，打开棺木，只见棺木里只有凤凰的羽毛，色彩鲜艳，闪闪发亮。家人这才相信凤凰说的是真话，于是重新钉好棺木。第二天一早，家人和村民把棺木从家里抬出来，小辈在灵前摔了瓦盆，打起招魂幡走在最前面。家人和村民抬着棺木跟在后面，再后面是家里的老人和女人，然后是吹鼓手，众村民殿后。送葬的队伍吹吹打打来到沱江边，设置好了祭坛，在祭坛上摆好各色祭品。接着，由家中长者领头焚香跪拜，之后把棺木沉入沱江。

从此以后，沱江的水渐渐变清，周围的山慢慢长满植被，土地也变得肥沃起来。村民的生活变得越来越好，乌鸡村也改名叫"凤凰村"。渐渐地，凤凰变成一个镇子，叫"凤凰镇"，后又发展成一个小城，就是今天的知名古镇——凤凰。沈家世世代代都住在凤凰，后来出了一个名人，就是著名文学家沈从文。

凤凰也因为独特的风貌，吸引着四面八方的游人。有游客来到凤凰，坐在船娘划的小船上喝着当地的美酒，看着沱江两岸的风光，听船娘唱着古老的渔歌，于是诗兴大发，作七绝一首：

沱江悠远到湘边，

晓照桥廊日映船。

绿水无声诗有韵，

轻楼有黛画无胭。

后羿之殇

话说万年之前，天上有十个太阳，时不分日夜，季不分秋冬。天气酷热干旱，百姓收成极少，苦不堪言。这时，一个叫后羿的青年猎手看到百姓很苦，就决心救百姓于水火。因为他极善射箭，就找到天下最会做弓的匠人，打造了一把天下最硬的弓；又找到天下最好的铁匠和最会做箭的人，做了九支极锋利的箭。他用这张弓和九支箭，把天上的太阳射下了九个，只留了一个。后羿命太阳白天出来，晚上落下。从此，时分日夜，季分春秋，沃野千里，水清潮平。百姓们终于过上了丰衣足食的好日子。

后羿成了天底下最伟大的英雄。于是，玉帝封他为弓神，王母还赐他一丸长生不老的仙药。他也得到了天下百姓的爱戴，很多年轻美貌的女子都倾情于他。最后，后羿娶了一个名叫嫦娥的女子为妻。

那嫦娥本是扬州人氏，貌美端庄，温柔贤淑，人又勤快，女红针线、缝补浆洗样样能干。嫁给后羿家后，她和公婆叔嫂相处得都不错，大家都很喜欢她。一晃五年过去，却不曾有一男半女。虽然后羿爱她如旧，公婆也不曾说过什么，但嫦娥心中很是不安，总想为后羿生一个儿子，于是就想到后羿托她保管的那枚仙药。她想既然是仙药，吃下去也许就会有孩子吧。嫦娥趁无人之际，把药丸吃了下去。谁知那药丸男人吃了长生不老，女人吃了却是得道成仙。吃下药丸后，嫦娥不由自主走出门外，飘飘然向西而去，一直飘到西海边，忽然腾空而起，向月宫飞去。从此，人间少了一位绝色女子，天宫多了一位举世皆知的仙女。

后羿出外打猎回到家中，见嫦娥不在，问及家人也无人知道，便出门打听，听得乡邻说妻子向西而去，他便按照乡邻所指方向一路寻去。

后羿向西找了三年，也没见到嫦娥的影子。他在西海边停留了很久。附近有一个废弃的破木屋，屋顶的棕榈已被风吹走了不少。晚上，他就来到屋中歇息。后羿心中想念嫦娥，辗转难以入睡。蒙眬之际，一位白衣老人飘然而至，身后跟着一个道童。只见老人鹤发童颜，白色的眉毛长长地向两边垂下来，胸前一缕长髯也是如雪一般。老人右手拿着一柄拂尘，站在后羿面前，口中念道：

玉剑森森向宇銮，

冰锋雪刃北枢寒。

羿如当日身来此，

帝自还娥药兔欢。

后羿连忙问道："老人家，您知道嫦娥在何处吗？"

老人回答："她已去了天宫，玉帝和王母收她做了义女，现居于广寒宫中。"

后羿听了，难过得低下了头。

老人见状，道："休要伤神，我有一法，可让嫦娥重回你的身边。"

后羿忙问："老人家有何妙法？"

老人答道："此去西边三千里的吐蕃之地有一天柱，天柱中有一柄玉剑。那玉剑本受天地之精华，经一亿五千万年炼化而成。你到了那里，会有一个叫共工的青年人帮你取出玉剑。只要得到这把剑，玉帝自会送嫦娥归来。"

后羿问："老人家说的是真的吗？"

"当然。你到那里后，我这徒儿会接待你的。你若到得早，便和他一起等共工到来就好。"

"此去西边，茫茫大海，如何渡得？"

老人回答："到时你自会知晓。我送你四句偈：遇水而舟，遇洞而宿，晓行夜寐，逢七不动。切记，切记。"

说完，老人把拂尘一扫，转身飘然而去。后羿还想追上去问个究竟，却猛然醒来，原来是南柯一梦。后羿对梦境将信将疑，出得门来一看，只见面前的茫茫大海已经变成一望无际的大平原。这一觉便是睡了五千年，沧海变为桑田。那梦中的老者本是元始天尊，因感佩后羿曾救民于水火，又怜惜他思念妻子之苦，有意帮他找回嫦娥。安排好一切，元始天尊自去云游世界，不再过问此事不提。

再说那嫦娥到达天庭后，发现天宫虽然锦衣玉食、仙乐飘飘，玉帝和王母也非常喜欢她，待之如亲生女儿，但生活寂寞清冷、枯燥难耐，不免思乡心切。虽然吴刚暗恋嫦娥，常偷偷送来桂花酒，但天庭宫禁森严，他也不敢越雷池半步。嫦娥时常暗中以泪洗面，七仙女有时也过来安慰她。嫦娥也曾有过回家的心思，但后来听闻七仙女中的小妹因爱慕董永下界，被王母派天兵追回，与董永隔在天河两畔，每年只能七夕相会，也就断了回家的念头，只得在广寒宫中终日与玉兔为伴。七妹在下界时，和人说起过嫦娥的故事，有人因此感叹，作诗一首：

天地长相隔，

清桦不解忧。

江南多苦雨，

滴泪是娥愁。

话说后羿醒来之际，在山东蓬莱某地有一个青年石匠，名叫共工，生得相貌英俊，身体健壮。他出自石匠世家，做得一手好石匠活儿。他为人孝敬父母，关爱乡邻，远近都有好名声。妻子温柔贤惠，儿女也都懂事听话。一家人其乐融融，过着安定的日子。

一天，共工刚睡下不久，眼前忽然出现一位须发皆白的白衣老人，手执一柄拂尘。老人问共工："你可知道后羿吗？"

共工回答："当然知道，他射下九个日头，是救民于水火的英雄。"

老人又问："现在后羿有难，你愿意帮他吗？"

"他有何难？"

"他的妻子嫦娥现在月宫之中，你可帮他找回他心爱的妻子。"

共工问道："我如何帮得了他？"

"此去西边吐蕃之处有一天柱，天柱内有一柄玉剑。你帮他取出玉剑，就能帮他找回嫦娥。"

"我如何能取出玉剑？"

老人没有正面回答，只道："你若肯帮他，回来以后，你和家人以及后代，都能封侯拜相，安享富贵。"

老人说完，转身飘然而去。共工正要追赶，却醒了过来，原来是一场梦。他看到床边有一把玉斧，还有一把玉凿。起床开门一看，门前的大山不见了，方知所梦不假。原来那老人是元始天尊的幻影。此梦乃是五千年前元始天尊预先设定，用幻影点醒共工去助后羿。

共工便把此事告诉家人。听说他要去帮助曾救苦救难的后羿，家人也非常支持。乡亲们听说此事后，纷纷来到共工家，都称赞他很了不起，并且送来很多盘缠，让他带着路上用。共工再三推辞，乡亲们坚持要表一分心意，他只好收下了。临走那天，家人和众乡邻送出十里之外，共工便独自上路了。共工前去天柱帮助后羿的事也被传扬得天下皆知了。

再说后羿得梦中老人指点后，他便一路向西而去，却将老人告知的四句偈语忘得干干净净。他遇水不找船，运神力而过；逢七也不歇；碰到山洞，也不进洞休息。当他到达吐蕃天柱处时，共工距此还有五百天的路程。

后羿看到天柱附近有个窝棚，走近一看，发现里面有个小道士在睡觉，便把他摇醒。那小道正是元始天尊的小徒弟。他懵懵懂懂地问道："是共工吗？"

后羿回答："不是，我是后羿。"

小道揉了揉眼睛，仔细看了看后羿问道："怎么是你？你怎么到得这般早？"

后羿问："共工到了吗？"

小道说："还没有。"

"那他还需多久才到？"

小道算术就不好，又搞不清天地之间的时差，掐指一算说："哎呀，他须得五百年以后才能到得。"

后羿大惊："怎会如此！"

小道问道："你是不是按师父的四句偈语做的？"

后羿这才想起元始天尊的话，答道："不曾做得。"

小道就说："是啊。你难道不知，洞中方一日，世上已千年。现在差五百年就算短的了。"

后羿听后如五雷轰顶，又问小道："那剑现在何处？"

"就在天柱之中。"

"如何取得？"

"须共工用他手中的玉斧玉凿，再运用石匠神功，方可取出。"

后羿万念俱灰，转身走出窝棚。小道不知后羿所想，也跟着出来。后羿想到今生今世也不能再见嫦娥了，心中悲愤，便向那天柱飞奔而去。小道追赶不及，只见后羿一头向天柱撞去。刹那间，地动天摇，只见那天柱碎成万千块大小碎石，一时间烟霾闭日，浊水排空。待尘埃落定，天柱的碎石已在方圆万里之内化作大大小小的石头山。原先沃野千里的田地、水草丰沛的草原都不见了。天也因支柱断裂，向一边倾斜。后羿本人也被埋在天柱附近的石山中身亡。那玉剑则沉入地下，只有剑尖还留在地面外，化作一座冰峰，闪闪发光。小道士见闯了大祸，怕玉帝怪罪，便逃去人间躲藏不提。

　　共工自离家以后，日夜不停地向西赶路。极度困乏时，便在路边找个遮蔽处睡上一觉，饿了就着凉水吃一口顺路买到的干粮。等他走到将入西川的边界，离那天柱还有五百天的路程。这时，他忽然感到一阵天摇地动，接着西边天际泛起满天的烟尘。共工不知发生了什么事，仍然向西赶去。那烟尘半月才散去。共工越走越感到荒凉，一路上都是寸草不生的石头山，人烟稀少，食宿都很困难。他又足足走了五年，才到达天柱所在之处，却发现天柱已经折断，只留下剑尖化作的冰峰，在日光下闪着寒光。

　　共工茫然之际，忽听身后有人作歌道：

嫦娥试药悔当时，
羿郎一怒天倾斜。

娲皇自当炼五石，

工身无过却负言。

共工一看，原来是一位身披红袍的僧人，便问道："法师，敢问你可知这里发生了什么事情？"那僧人答道："只因元始天尊的小徒算错时日，后羿以为见不到你了，一时冲动撞倒了天柱，才成了今天这个样子。"共工又问："后羿何在？"僧人指了指山脚下说："他被天柱的落石压住，就埋在那山的下面。"

共工哭道："我来晚了，是我害死了他。"僧人道："善哉，善哉。你已经尽人事了。他的死是天命，与你无关。你还是早早回转，与家人团聚去吧。"共工说："是我对不起后羿。他一个人在这里太寂寞了，我要留下陪他。"僧人道："这里荒凉冷漠，苦不堪言。你还是快快回家去吧。"共工回道："我意已决，再不回家。"僧人叹了一口气道："也罢，也罢。这也是你前世命定的。那后羿撞倒天柱，使方圆万里之田园变成荒山，死伤无数生灵。你既有意，不如皈依佛门。一来可留在此地陪他，二来你可普救附近受难的百姓，也可为他赎罪。"

共工听罢，便倒身下拜，皈依佛门。那红衣僧人便道："只要你潜心修炼，佛法将与时俱进，终将修得正果。不必挂念你的家人，他们将都得善果。善哉，善哉。"

说完，僧人身上的红袍滑落在地，乘上一朵祥云远去了。原来是如来前来点化共工，使他得前世之记。共工望空再拜，披上佛祖留下的红袍，按如来的教诲潜心修炼去也。

后来，天柱被撞倒的事情传到中原。人们不知晓内情，又都听说共工去天柱处取剑，便讹传为共工触柱而亡，撞倒擎天柱。而共工受到如来的点化，出家为僧，最终成了活佛，普救众生。共工虽没能帮后羿找回嫦娥，却替他承担了使无数田舍变成荒山、无数生灵遭受涂炭的"恶名",保住了后羿的美誉。而共工的家人以及后代正如老人所言,封侯拜相,安享富贵。

数千年间,吐蕃与中原因交通阻断,人们少有来往,而天柱断处,更是不可到达之地。此间,经历了文成公主入藏,松赞干布修建布达拉宫。一千多年后,天地翻覆,常人才能到达天柱断处。这时的吐蕃已经叫作西藏,交通发达,有机场,有公路,还通了火车,既有山川壮丽、冰封千里的景色,又有波清水秀、五色缤纷的风光。有人来到天柱处,感念先人的宏伟、高山的雄壮,遂按"念奴娇"的曲牌填词一首:

玉峰西柱,不曾有,先古人何曾共。柱在天沿,才正是,工触山亡地恸。断壁森森,冰刀雪刃,欲至心惊悚。风雕霜刻,竟成天下王笋。

还忆公主生时，赞身亲去了，如花仪凤。锦帽貂裘，还忆到，从此红宫千纵，释地千寻。多西路去者，最齐穹拱，都随同愿，此生非枉如梦。

漓边之思

"我昨晚梦到孔子了。"坐在对面的和平突然对我说。

六月，我跟和平坐在阳朔一个旅馆的阳台上。这个叫作"莲峰旅馆"的家庭旅社，就坐落在漓江边上。旅馆不大，小小一座两层楼，楼上楼下只有七八个房间。二楼有一个小小的阳台，正对着漓江。阳台用铁栏杆封住，顶上有一块厚而平的遮阳板。栏杆外还有一个不大的带墙裙的平台。平台右边和楼体相连，左边有一个直角拐弯。小平台上摆满了种着各式各样花草大小不一的花盆。隔着一条很窄的马路就是漓江河岸。河岸栽满了树，遍地青草。河的对岸隔着一条树的走廊，是一座接一座曲线圆滑的小山，山不高，却满目青翠。山与山之间是碧绿的田野。这也许正是桂林山水的独到之处吧。

阳台右手不远的地方就是阳朔的集市。那里有形形色色的旅游纪念品、各式服装，还有当地的土特产。或许是因为树多的原因，尽管游人很多，在阳台上也听不到喧嚣的声音。站在栏杆边，却可以看到逛市场的游人，他们在挑选各种商品，与商贩讨价还价，或是成交，或是空手而去。

这家旅馆和平以前来过。当他听说我又想去丽江打发时间时，就极力劝我来这里住一段时间。已经住了七八天了，大部分时间都是在这个阳台上打发的。阳台上有一张圆桌，还有几把折叠椅。旅馆的女主人每天都会准备几瓶开水，还有一些茶叶，但我不喝茶，只要一杯开水就可以，有时会冲上一杯咖啡。和平喝他自己的茶叶。他喜欢喝茶，夏天喝碧螺春或是猴魁，冬天则喝普洱或是冻顶乌龙。

我跟和平是多年的老朋友，都喜欢文学，又都是懒散的人。在今天这个快节奏、高竞争的社会，我们属于另类。不同的是，他喜欢写诗，古体诗、现代诗都写一些，再就是神话小说，偶尔也填一两首词。尽管他的古体诗常是平仄不合，而难得填一次的词也是格律不对，但他乐在其中。我则喜欢写一些散文、游记或是惊悚小说。

"你梦见孔子了？"我问。

"嗯。"

我笑了一下："听说过梦周公的，没听说过梦见孔子的。"

"我问了他两个问题。"

"问了什么？"

"我问他唐太宗李世民杀死了自己的兄弟，又软禁了他的父亲，为什么还是千古贤君？"

"第二个问题呢？"我又问。

"为什么关羽先降曹操，再归刘备？两叛之人，怎么成了忠义之神了？"

"他怎么回答的？"

"他好像说：无为而治，无为而治。先天下之忧而忧，后天下之乐而乐……"

我笑了："这好像都不是孔子说的吧。"

他也笑了："这只是个梦。"

"你经常思考这些问题吗？"

"不是，只是偶尔想想。"

我说："那就对了。经常想的一般很少出现在梦境中。我总是梦见小学的两个女同学，一个叫杨娟，一个叫林丽。杨娟是圆圆的脸蛋，大大的眼睛，有点薛宝钗的味道。林丽是瓜子脸，黑眉毛，高鼻梁，大眼睛。大人都说她是个美人。"

"是呀，我经常想的事情反倒梦不到。"他停了一下，又回到原来的话题，"我能想象李渊当时的感觉，听到李世民一天之内杀了胞兄胞弟时的恐惧感，也知道他的退位是迫不得已的。他在写退位诏书的时候，手肯定是颤抖的。试想一下，假如他不同意退位，李世民会怎么样？"

我说："李世民不会杀自己的父亲的，但可能会采取强制手段。他已经掌控了局面，谁也挡不住他。"

和平接着说："李渊也是个老人了。想象一下，一个老人一天之内失去两个儿子的痛苦。再想象一下，一个父亲受到儿子胁迫的痛苦。"

"李世民开辟了大唐盛世。"

"是呀，百姓只要盛世。只要有盛世，就算做出禽兽的行为，也可以当圣贤。不过你想过大唐盛世是怎么来的没有？"

"嗯？"

"大唐的开国之君是李渊，可不是李世民。是李渊结束了隋朝的虚弱统治，实现了天下一统。大唐走向盛世是必然的。中国的历史不就是这样吗？先是兴盛，然后衰弱。衰弱导致战乱、分裂，然后再是统一、兴盛，周而复始，循环往复。"

说到这里，和平停住了，见我不作声，又接着说："谁又敢说，假如李建成继位的话，就不会出现盛世呢？"

"历史是不能假设的。"

"历史是不能假设，但可以推理。李建成是长子，也是李渊亲立的太子，对他颇为倚重。李渊是何等人物？他能在隋末的复杂情况下，一枝独秀，统一乱局，肯定是个很有头脑、很有眼光的人，城府一定很深。他会看错人吗？他大概万万也想不到李世民会杀死自己的两个亲兄弟。"

我说："李渊没想到，李建成和李元吉也同样没想到。"

"李世民不但杀了两个亲兄弟，还斩草除根把兄弟两家都灭了门，何等残酷！就是刻薄如雍正，也没有直接杀自己的兄弟，更没有杀他们的子女。"

停了一会儿，他又说："再说关羽吧。关羽先降了曹操，又回归刘备。一个两次叛变的人，为什么成了代表忠义的神？"

我想了一下，说："也许是因为关羽心里一直有刘备，不是有句话，叫'身在曹营心在汉'。"

"那只是说辞而已。脚踩两只船，和忠义一点也沾不上边。如果这也算忠义的话，那伪军也可以说自己是身在曹营心在汉。"

我一时语塞，半晌慢慢说道："也许中国的老祖宗早就发现社会是矛盾的，人也是矛盾的。比如，我本人就是矛盾的。我既写散文，也写惊悚小说。正因为矛盾，所以故意找出这样两个人物，一个成了圣贤之君的代表，一个就成了忠义之士的代表。"

　　和平想了一下："你思考问题很快，好像说得有一定道理。我今天上午受梦境的启发，写了一首诗。"

　　"念给我听听。"

　　他动了几下桌子上的鼠标，对着屏幕念道：

　　屠兄犹弑弟，

　　囚父入愁隅。

　　却教丘夫子，

　　还为圣主乎。

　　先降归汉相，

　　再拜向玄孤。

今日临忠寺，

香烟也不殊。

我点点头说："嗯，还不错，把你困惑的两个问题都提出来了。而且孔夫子说的仁义礼智信，和他们两个确实有不大相称的地方。"

听了我的话，他又说："我最近还写了一首短诗。"

"什么诗？"

他没有正面回答："我前两天看到一只小船顺流而下，忽然有了这样的想象。我想象古时候这里有个秀才，准确地说是个进士。这个秀才考中了进士，坐船进京去参加殿试。秀才……"

我打断他："是进士。"

"对，进士。就说书生吧。这个书生坐着船一路过来，看着两岸的美丽风光，想着即将到来的美好生活，心情大好。书生本就是出身书香门第，诗礼传家，于是诗兴大发，做了一首诗。"

"什么样的诗？"

这次他没有看电脑，而是背了出来：

一水还从一岭岿，

山环水绕总相宜。

诗心若有连图韵，

纵墨犹淋绘秀漓。

我听完笑了："这样的诗我也会写。一岭也比一
水高。"

"嗯。"他饶有兴趣地看着我道，"下面呢？"

"下面？"我想了半天才说，"我还没想好，你让
我再想想。等明天，明天我告诉你。"

"好吧。看看你这个散文加惊险小说作家能不能
也写首古诗。"

晚饭的时间到了。我们走出旅馆，来到街里，随便走进一家小饭馆。点完菜，只见门外走进一个女孩子。女孩叫小丽，在一家酒吧做事，我跟和平都认识她。我跟她打招呼。小丽走过来说："是你们俩啊，这么巧也在这吃饭。"

我说："是呀，一起吃吧。"

小丽说："那怎么好意思呢！"

和平说："吃顿饭有什么，一起聊聊天嘛。"

小丽听了，便在桌边坐下来。

我问她："酒吧生意还好吗？"

她说："挺好的，现在是旅游旺季。这里也不分什么旺季淡季，一年四季都有人。"

我说："对了，你喜欢吃什么？加个菜。"

她说："随便，都行。"

"给你来瓶啤酒吧？"

她笑了一下："不啦，晚上还要做事。"

"那喝什么饮料？"

"不用了，要杯水好了。"

我转身叫服务员，叫了一杯水，点了一个小丽爱吃的菜。

和平问小丽："你是南方人吧？"

"是啊。"小丽答。

"看你长得挺秀气的，身材又苗条，像是南方人。"

小丽笑了，没有一点不好意思，也没有一丝得意的样子，大概这样的夸赞听得多了。她笑得很自然。

和平又说："你们南方的女孩子都喜欢来这边做事？"

小丽说："是呀，我们不习惯北方的气候，吃的也不习惯。再说这边离家近，想回去的话，坐车很快就到了。"

和平说："我们那边做事的女孩子就是北方人多，不过南方女孩子也有。"

正说着，服务员开始上菜。我们边吃边聊。吃得差不多了，小丽提出要走，说酒吧还有事。我对她说："没事，你忙就先走吧。"

小丽对我们笑了一下："有空去酒吧坐坐。"

我跟和平都点头答应。小丽先走了。我跟和平继续在饭馆坐着。

又过了一会儿，我问和平："晚上去酒吧？"

他说："这几天老去，今天不了。"

"那去咖啡馆坐会儿，找一家安静一点的？"

"不了，你自己去吧，我今天回去歇会儿。"

我说："好吧。"于是叫服务员买单。

和平回旅馆去了，剩我独自向另一条街走去。

第二天早上，我洗漱完毕，马上打开电脑。这已经是多年的习惯了。即使不能用电脑，我也要用手机收邮件、写博客、发照片或是上网看看有什么新闻。我打开邮箱，有一封和平的邮件。我笑了一下，心想搞什么鬼，楼上楼下也发邮件。再看一下，是昨天夜里发的。打开一看，邮件写道：

下午你开头的那首诗，后三句我已经有了：

一岭还凭一水迢，

丹枫浅映总妖娆。

寄言山畔流觞意，

绣卷何须锦线挑。